# <sup>일본</sup>도시괴담

# 일본 도시괴담

김성욱 엮음

북클릭

## 머리말

　괴담은 사회의 현상과 시대의 모습을 극명하게 비춰주는 거울이다. 괴담에는 그 시대를 살아간 사람들이 두려워한 것들이 그대로 나타나 있다. 그렇기 때문에 괴담을 읽는 것은 한 시대의 사람들의 생각과 의식을 이해할 수 있는 통로로 작용한다. 특히 급격한 사회 발전과 도시화에 따라 생겨난 도시 괴담은 사회의 악습과 병폐를 극명하게 보여준다고 할 수 있을 것이다. 도시 거주 인구가 90퍼센트를 넘는 우리나라에서는 이러한 도시 괴담이 특히 더 현실적으로 다가올 수 있는 토대가 마련되어 있다.

　내가 괴담이라는 매체를 처음 접하게 된 것은 고등학교 시절이었다. 외국어고등학교에서 일본어를 배우면서 일본의 문화를 접하게 되었고, 그중에서도 일본 문화의 가장 어두운 단면을 극명하게 보여주는 괴담에 대한 관심은 커질 수밖에 없었다. 수능 시험이 끝난 후 일본의 괴담들을 직접 모아보고 싶다는 생각을 가지게 되었고, 이후 여러 가지 이야기들을 골라내 직접 번역하여 블로그와 카페를 통해 인터넷상에 소개하게 되었다.

이 책 『일본 도시 괴담』에는 우리와 가장 가까운 나라 일본의 인기 괴담을 모아 한 편 한 편 재구성하여 엮었다. 일본 현지에서 유행처럼 번지고 있는 신선한 괴담들과 현지를 떠들썩하게 만든 괴담들을 인터넷과 교류를 통해 수집하여 약간의 편집을 거쳐 이야기들로 엮을 수 있었다. 과거부터 일본의 괴담은 우리나라에 많은 영향을 끼쳤기에 두 나라 사이에는 비슷한 공포 코드가 자리를 잡았다. 이 책 역시 한국과 일본의 도시 괴담을 비교하며 어떠한 부분에서 공포 코드가 일치하는지, 일본 특유의 공포는 어떤 것이 있는지 살펴볼 수 있는 기회를 제공할 수 있으리라 생각한다.

하루에도 수많은 네티즌들이 드나드는 블로그와 카페를 운영하면서, 여러 사람들의 생각과 이야기를 듣게 된다. 그러면서 느끼게 되는 점은, 결국 괴담은 사람들의 살고자 하는 의지와 살아가는 모습을 가장 깊은 곳에 간직하고 있다는 것이었다. 이 책을 통해서 괴담의 재미와 공포뿐 아니라, 삶에 대한 의지와 지금 시대의 모습을 돌아볼 수 있는 기회를 얻을 수 있다면 엮은이로서 이보다 더 큰 기쁨은 없을 것이다.

# 차례

# 피자가 남은 날

대학 친구에게 들은 이야기다.

자동차 사고를 당해 타박상을 심하게 입은 A씨는 일을 하기 힘들 것 같아 회사를 일주일 정도 쉬기로 했다.

A씨는 아내가 일을 하러 나갔기 때문에 낮에는 혼자 집에 있었다. 처음 이틀은 마음 편히 빈둥거리며 보냈지만 사흘째부터는 남아도는 시간이 점점 지겨워졌다. 밖에 나가고 싶어도 몸이 불편해서 집 안에 꼼짝없이 있을 수밖에 없었다.

그러던 어느 날 점심을 먹고 느긋하게 텔레비전을 보고 있는데, 위층에서 쾅쾅거리며 어린아이가 신이 나서 떠드는 소리가 들려왔다.

그리고 다음 날도 정오쯤에 어린아이의 목소리가 들려왔다. 아무래도 위층에는 어린아이가 둘 있는 것 같았다.

A씨가 살고 있는 곳은 대규모 아파트 단지였지만, 의외로 낮에는 조용해서 아이들의 목소리는 아래층의 A씨에게도 잘 들렸다. 그러나 시끄럽다고 여겨지기보다는, 오히려 지루하고 기분 나쁘게 조용한 아파트의 정적을 가려줘서 고맙다고 느껴질 정도였다.

그리고 다음 날 시간을 보내다 배가 고파진 A씨는, 점심을 만들기 귀찮아 피자를 주문했다. 30분 정도 지나온 피자는 생각보다 양이 많았다.

결국 피자는 A씨가 배부르게 먹고도 꽤 많은 양이 남아버렸다. 평소라면 아내를 위해 남겨두었을 테지만 문득 위층에 사는 아이들이 생각났다. A씨는 남은 피자를 아이들에게 가져다주기로 했다.

A씨는 위층에 어떤 사람들이 사는지 알지 못했기에 일단 초인종을 눌렀다. 안에서는 낌새를 느낀 것 같았지만 대답이 없었다.

한 번 더 초인종을 눌렀다.

문에 난 작은 구멍으로 누군가 자신을 쳐다보는 것 같은 느낌이 들었다.

"누구세요······."

목소리가 희미하게 문 너머에서 들려왔다. A씨는 자신은 아래층에 사는 사람이며, 피자가 약간 남아 전해주고 싶어서 왔다고 이야기했다.

그러자 문이 빼꼼 열렸다.

집 안은 지독하게 어두웠다. 5센티미터 정도의 작은 틈 사이로 여자가 얼굴을 살짝 내밀었다.

여자는 쌀쌀하게 말했다.

"감사합니다. 그렇지만 별로 필요 없을 것 같아요."

어둑어둑해서 얼굴 표정이 잘 보이지 않았다.

A씨는 자신의 행동이 그 여자를 당황시킨 것 같았지만, 한 번 더 이유를 이야기하고 아이들에게 전해달라고 부탁했다.

문 틈새로부터 뜨뜻미지근한 공기가 흘러나왔다. 그러면서 이상한 냄새가 확 풍겼다.

문득 여자의 얼굴 밑을 보니, 두 어린아이의 얼굴이 보였다.

문은 그저 조금 열려 있을 뿐, 세 명의 얼굴이 세로 한 줄로 서 있었다.

"그럼······ 받아두지요······. 이리로 주세요."

A씨는 문틈으로 피자 상자를 넣었다. 바로 옆에서 아이들의 손이 기다렸다는 듯 상자를 받았다. 세 얼굴은 문틈으로 A씨를 쳐다보고 있었다.

"고마워……."

희미하게 목소리가 들려왔다.

A씨는 허둥지둥 집으로 발걸음을 재촉했다. 알 수 없이 불쾌했던 것이다. 무엇인지 알 수 없는 위화감이 머리 한 구석에 떠돌아다녔다. 어린아이들의 얼굴이 뇌리에 박혀 있었다.

얼굴…….

등이 떨려오기 시작했다. 걸음이 빨라졌다. 한시라도 빨리 저 집에서 멀어지고 싶었다.

그런데 엘리베이터가 오지 않았다.

……얼굴이 세로로 죽 늘어서 있다.

버튼을 계속해서 눌렀지만 올라오는 기색이 없었다.

비상계단으로 향했다. 지독하게 머리가 아파오면서 구역질이 났다.

비상계단의 무거운 문을 밀쳤을 때 A씨는 뒤에서 시선을 느꼈다.

뒤돌아보니 10미터쯤 떨어진 저쪽 복도 모서리에 세 명의 얼굴이 있었다. 문틈으로 보았을 때와 같이 얼굴을 반만 드러내고 텅 빈 눈으로 이쪽을 응시하고 있었다. 대낮의 아파트 복도에 싸늘하게 내려오는 빛은 세 명의 얼굴을 말끔하게 비추었다.

A씨는 목 주변의 깁스도 아랑곳하지 않고 계단을 달려 내려가기 시작했다. 평소에도 건강을 생각해 엘리베이터를 이용하지 않고 4층 높이의 집까지 걸어 다니는 A씨였지만 1층까지 내려가는 것이 너무나도 길게 느껴졌다.

……세로로 늘어선 얼굴이라니, 있을 수 없다…….

……몸이 없다…….

머리 세 개가 일렬로 무엇인가에 박혀 있었다…….

그리고 가장 아래쪽 얼굴의 뒤에 있던 기묘한 것은……

머리를…… 떠받친…… 손…….

그 후 A씨는 가까운 편의점으로 달려가 경찰을 불렀다.


경찰의 수사에 의하면 A씨의 윗집에서는 엄마와 아이들의 사체가 욕조에서 발견되었다고 한다.

사체에는 목이 없었다. 목이 잘려나간 지는 3일 정도 지났었다고 한다.

그날부로 그 집의 남편이 지명수배되었고, 드디어 같은

건물 안에 숨어 있던 그를 찾아냈다.

엄마와 아이들의 목도 그가 가지고 있었다.

목은 기다란 쇠꼬챙이에 꿰여서 한 줄로 꽂혀 있었다.

남자가 발견된 곳은 그의 집이 아니었다. 경찰이 핏자
국을 따라 그가 숨은 곳을 찾아냈던 것이다.

경찰에 의하면 그는 A씨의 집에 있는 벽장 안에서, 그
머리 세 개가 꽂혀 있는 쇠꼬챙이를 든 채 숨을 죽이고 숨
어 있었다고 한다.

# 사진

벌써 10년은 더 된 이야기다.

축구부의 다카야나기 군과 카와시마 군은 매우 사이가 좋아 언제나 쌍둥이처럼 붙어 다녔다. 공부도 운동도 1등과 2등은 언제나 이 두 사람이 도맡고 있었다.

당연히 두 사람은 반에서 인기가 좋았고, 두 사람이 학교를 안 나오는 날이면 반 전체가 쓸쓸해지곤 했다.

나는 여자였지만 같은 축구부였고, 집이 가깝기도 해서 두 사람과는 친하게 지냈다. 나는 어쩐지 그것이 자랑스럽게 느껴졌었다.

키가 작은 데다 몸도 약하고, 공부도 그럭저럭 하는 정도인 내가 이 두 사람과 친하게 지낸다는 것만으로도 다른 친구들 앞에서 우월감을 가질 수 있었던 것이다.

그리고 초등학교 3학년 때, 그 일이 일어났다.

우리들은 근처의 냇가에 낚시를 하러 갔다. 당시 나는 생일 때 아빠를 졸라 선물 받은 폴라로이드카메라를 언제나 목에 걸고 다니곤 했다. 그때도 카메라를 가져간 나는 두 사람의 사진을 찍어주기로 했다.

지금 돌이켜보면 그때 사진 따위 찍지 않았더라면, 카메라 따위 가져가지 않았더라면 그런 일은 일어나지 않았을지도 모른다……. 지금도 나는 그것이 너무나 후회스러워서 가슴에 회한으로 남아 있다.

집에 돌아가서 찍은 사진을 보다 보니 어떤 이상한 것이 눈에 들어왔다. 그것은 다카야나기 군과 카와시마 군이 서 있는 것을 찍은 사진에 있었다.

카와시마 군의 오른팔 아랫부분의 강물에 사람의 눈 같은 것이 찍혀 있었다. 당시의 나는 심령사진이라는 것이 있다는 것은 알고 있었지만 설마 내가 그런 것을 찍을 것이라고는 생각지도 못했기 때문에 '기분 나쁘네'라고만 생각하고 곧 잊어버렸다.

축구부 연습 도중 카와시마 군이 오른팔을 다친 것은 그로부터 며칠이 지난 후였다. 시내 초등학교 간의 축구대회에서 팔이 공에 맞으면서 팔이 부러진 것이었다. 카와시마 군은 병원에 입원하게 되었다.

나는 묘한 두려움을 느끼며 책상 서랍에서 지난번의 그 사진을 꺼내보았다. 그렇지만 사진은 내가 기억하던 것과 전혀 다른 모습이었다.

수면에서 얼굴을 드러낸 작은 사내아이. 그 눈은 분명히 물속에서 보였던 그 눈이었다. 그리고 그 아이의 손은 카와시마 군의 오른팔을 움켜쥐고 있었다.

무서워진 나는 다카야나기 군의 집에 전화해 우리 집으로 불렀다. 그 사진을 본 다카야나기 군은 "카와시마가 보면 쇼크를 받을 거야"라고 말하며 이것을 카와시마 군에게는 말하지 않기로 나와 약속하고 사진을 가져갔다.

그리고…… 다카야나기 군이 사진을 가져간 3일 후.

카와시마 군이 죽었다는 소식을 들었다. 병원 옥상에서 뛰어내린 것이었다.

반 친구 중에 카와시마 군이 뛰어내린 날 병문안을 간 친구가 있었다. 그 친구는 이렇게 말했다. 카와시마 군이 자꾸만 "저놈이 온다"고 중얼거리고 있었다고.

의사 선생님이나 카와시마 군의 엄마는 입원 생활의 스트레스 때문이라고 설명해주었지만 카와시마 군이 죽은 진짜 이유를 나는 알 수 있었다.

어느 날 다카야나기 군의 집에 불려간 나는 그 사진을 다시 보게 되었다. 하지만 이미 그 사진에는 그 사내아이가 없었다. 사진은 반으로 잘려나가, 찍혀 있는 것은 다카야나기 군뿐이었다.

"나한테도 저놈이 들러붙을 것 같아서 그랬어"라고 다카야나기 군은 설명했다. 카와시마 군이 죽었을 즈음에는 사내아이가 카와시마 군의 온몸을 덮어버리고 있었다고 한다.

"왜 일찍 잘라버리지 않은 거야? 그랬다면 카와시마 군도……."

나도 모르게 언성을 높여버렸다.

그러자 다카야나기 군은 이렇게 말했다.

"하지만 그 녀석이 있으면……. 나는 1등이 될 수 없었으니까."

묘하게도 석양에 비춰진 다카야나기 군의 얼굴이 사진 속의 그 사내아이와 똑같았다.

# 다이어트 전화

아야는 대학에 입학하면서 다이어트에 열을 올리게 되었다. 그래서 살을 빼기 위해 매일 동네 근처의 공원에서 달리기를 하면서 운동을 시작했다.

어느 날 한참 운동을 하던 도중 아야는 갑자기 화장실이 급해졌다. 도저히 참을 수 없게 된 아야는 어쩔 수 없이 공원의 허름한 공중화장실로 뛰어들었다. 평소라면 더러워서 차마 들어갈 생각조차 안 할 만한 곳이지만, 지금은 그런 것을 따질 여유가 없었다.

급하게 들어가 볼일을 마치고 문득 눈을 들어보니 벽에는 수많은 낙서가 쓰여 있었다. 웃기지도 않은 농담부터, 욕설에 광고까지 별 낙서가 다 있었다.

그런데 그중 한 낙서가 유독 아야의 시선을 끌었다.

그것은 전화번호였다.

자주 있는 장난전화용 번호일 거라고 생각했지만, 그 번호 위에는 이상한 말이 쓰여 있었다.

'몸무게가 줄어드는 전화번호.'

말도 안 된다고 생각하면서도 아야는 그 전화번호를 무심코 외웠다.

사실 그녀는 몸무게가 70kg을 넘은, 말랐다고는 할 수 없는 여자였다. 초등학교에 다닐 때는 상당히 마른 체격이었지만, 중학교에 들어간 뒤 수업을 제대로 따라갈 수 없게 되면서 스트레스를 받았고, 그로 인해 폭식이 이어지며 살이 급격히 찌기 시작했다.

고등학교 때 이미 60kg을 넘겼고, 대학생이 된 지금은 70kg에 육박하고 있었다. 살을 빼고자 공원에 나와서 운동을 하고 있지만, 사실 살이 빠지기보다는 더 찌지 않게 유지만 하는 실정이었다.

그 후 며칠간은 열심히 공원에서 운동을 하며 평소와 다름없는 시간을 보냈다. 그렇지만 아야의 머릿속 한구석에는 그 전화번호가 자리 잡고 떠나지 않고 있었다.

몸무게를 줄여준다니…….

그래, 걸어보자!

체중계가 71kg을 가리킨 날, 아야는 결심을 했다.

만에 하나 사기꾼이라 할지라도, 전화 한 통화만 가지고는 뭘 어떻게 할 수 없으리라는 생각이었다.

마치 몇 번이나 걸어본 것 같이 익숙하게 손가락이 번호를 눌러간다.

통화 연결음이 한 번, 두 번, 세 번.

"여보세요?"

남자의 목소리가 들렸다.

"아, 저, 몸무게가 줄어들 수 있다고 들었습니다……. 그래서……."

"이름은?"

"아, 이름은 아야입니다. 사와자키 아야."

"주소는?"

주소를 말하자 다음에는 "몸무게는?"이라고 물어왔다.

"65kg입니다."

조금 거짓말을 했다.

"몇 kg 정도 빠지면 되겠니?"

아야는 머릿속으로 이상적인 체형을 떠올려보았다.

"5, 아니, 10kg이요."

"10kg만 빠지면 되는 거지?"

"자, 잠깐만요. 정말로 빠질 수 있는 거예요?"

"10kg으로 만족하는 거지?"

"아, 아니요. 20이요. 20kg로 해주세요."

"20kg이면 되는 거지?"

"그래요. 20kg 빠지고 싶어요."

"알았다."

딸칵.

"저, 저기요. 여…… 여보세요?"

띠띠띠―.

전화가 끊겼다.

"뭐야? 짜증 나……."

아야는 자신의 몸을 내려다봤다. 여전히 배는 축 늘어져 있었고, 손목시계는 손목을 아프도록 조이고 있었다. 마법 같은 일은 일어나지 않았다.

전화한 것만으로 살이 빠진다고? 생각해보면 그런 편리한 이야기가 있을 리가 없다.

"바보같이……. 아, 괜히 전화했어……."

멍하니 아야는 중얼댔다. 그리고 그 전화에 관한 일은 모두 잊어버렸다.

다음 날 아침.

그녀의 침대 안에서 양팔과 양다리가 잘려나간 사와자키 아야가 발견되었다.

# 졸업 앨범

어느 중학교에서 실제로 있었던 일이다.

"이거, 이상한데요."

졸업 앨범을 담당하는 카와시마 선생이 말했다.

그가 책상 위에 올려둔 것은 3학년 C반의 앨범에 들어갈 단체 사진이었다.

다른 선생님들이 카와시마 선생 곁으로 모여들었다.

"어머! 이게 뭐야……."

C반 담임 오키타 선생이 놀라서 손으로 입을 가렸다.

사진은 교정에서 찍은 것이었다.

한가운데에 선생님이 서 있고, 그 주위를 학생들이 둘러 서 있었다.

언뜻 보기에는 별 문제가 없어 보이지만, 배경 오른쪽 윗부분에 확실하게 남자의 얼굴이 둥둥 떠 있었다. 정면을 똑바로 본 채 기묘한 웃음을 띠고 있는 얼굴이었다.

누가 봐도 확실한 심령사진이었다.

"어떻게 할까요? 선생님."

카와시마 선생은 오키타 선생에게 물었다.

평소라면 아예 새로 찍는 것이 당연할지도 모른다. 이 렇게 기분 나쁜 사진이 찍히면, 학생들에게는 금방 소문이 퍼져 나가기 마련이다.

하지만 이미 2학기가 다 끝나가는 무렵이라 학생들의 고등학교 진학도 모두 결정되어 학생들 대부분은 학교에 나오지도 않고 있었다. 다음 등교일까지 기다린다면, 앨범 제작이 늦어질 수도 있다.

그렇지만 이렇게 분명히 찍혀 있는 사진을 그냥 앨범에 싣는다면 학생들이 술렁일 것이고 학부모들의 항의가 있을지도 모른다.

당시에는 지금같이 디지털 처리 같은 것도 없어서 이렇게까지 크게 나온 얼굴을 부자연스럽지 않게 수정하는 것은 거의 불가능했다.

고민하고 있던 도중, 과거에 앨범 담당을 여러 번 맡았던 야츠시로 선생이 의견을 냈다.

"그날 결석한 학생이 두 명 있지 않았습니까? 얼굴을 대충 그 학생들 사진으로 가려버리죠."

결국 이 의견이 채택됐다.

이렇게 해서 심령사진은 가려졌고, 무사히 앨범은 완성되었다.

학생들은 졸업 앨범에 어떤 일이 일어났는지 모른 채, 저마다의 꿈을 안고 학교를 떠났다.

그리고 그로부터 5년 뒤, C반의 동창회가 열렸다.

오랜 시간이 지났음에도 단 두 명만 빼고 모든 학생이 참석했다.

나중에 알고 보니 졸업하고 1년이 지났을 즈음 두 명의 학생이 갑작스러운 사고로 세상을 떠났다고 한다.

놀랍게도 그 두 사람은 야츠시로 선생의 의견에 따라 앨범에서 심령사진을 가렸던 그 학생들이었다.

# 자살 사이트

내가 고등학교 때 친구 Y와 함께 겪은 이야기다.

그때 같은 반이던 친구 T가 자살을 했다. T는 여자아이로 학급 내에서 왕따를 당하고 있었던 데다, 남자 친구와의 이별까지 겹치면서 자살을 선택해버린 것이다.

투신자살이었다. 그것도 한참 수업이 진행되는 도중 학교 옥상에서 뛰어내렸다. 많은 학생들이 직접 시체를 목격했다. 무엇보다 특이한 점은 그녀가 자신의 손에 대못을 꽉 쥐고 있었다는 점이다.

모두들 T를 싫어했기 때문에 우리 반에서는 나와 Y, 담임인 N선생님만이 장례식에 참석했다. 담임이었던 N선생님은 T의 상담에 자주 응해주었고, T의 엄마도 그것을 잘 알고 있었다. N선생님은 자주 T의 집에 찾아가 가족들과 함께 잘 극복해가자고 격려하곤 했었다고 한다.

그래서인지 T의 엄마도 "선생님이 그렇게나 신경 써주셨는데도 결국 이렇게 되어버려서 죄송합니다"라고 울면서 이야기를 했다. N선생님은 영전 앞에서 우는 것을 필사적으로 참아가며 T의 엄마와 이야기를 이어나갔다.

나와 Y는 한구석에서 그 상황을 보고 있었다.

그런데 어디선가 작은 소리로 중얼거리는 목소리가 들렸다.

"웃기지 마, 암퇘지 주제에."

나는 Y가 말한 것인가 싶어서 눈을 돌렸지만 Y는 미동도 없이 N선생님 쪽만 바라보고 있을 뿐이었다. 나는 환청이라 생각하고 그냥 넘겨버렸다. 하지만 그것은 단지 시작일 뿐이었다.


사흘 뒤, 나는 방과 후에 Y와 함께 복도를 걷고 있었다. 그런데 컴퓨터실을 지나가는 와중에 컴퓨터 한 대가 켜져 있는 것이 눈에 띄었다.

나와 Y는 이상하게 생각하고 컴퓨터실로 들어가 컴퓨터의 모니터를 보았다.

모니터에 떠 있는 것은 인터넷 화면이었다.

자살 사이트 '영령의 모임'.

글을 올린 것은 'AGH'라고 하는 사람이었다.

나와 Y는 천천히 글을 읽어나가기 시작했다. 그런데 그 안에 나오는 것은 우리 반 아이들의 이름들이었다. 왕따당한 내용도 하나하나 모두 적혀 있는 걸로 보아 아마도 이것을 만든 건 T인 것 같았다.

나는 무서워져 그 자리를 떠나려고 했지만 Y는 나의 손을 쥐고 계속해서 스크롤을 내렸다. 그러자 글의 마지막에 링크가 하나 나왔다.

'이젠 아무도 믿을 수 없어. Click Here.'

Y는 마우스를 링크에 대고 클릭했다. 그러자 우리 반 교실을 촬영한 것 같은 동영상이 재생되기 시작했다.

교실에는 담임인 N선생님과 T의 남자 친구였던 L이 있었다. N선생님과 L은 서로 껴안은 채였다.

"T랑 상담하는 것도 이젠 지겨워. 그렇게 매일 우울하게 있을 거라면 차라리 죽어버리지."

"나도 헤어진 지 한참 됐는데 아직도 문자 보내고 전화하고…… 아주 귀찮아. 마치 스토커 같아."

그리고 두 사람은 키스를 하기 시작했다. 화면의 바깥

쪽에는 두 사람을 복도에서 응시하고 있는 T의 모습도 비치고 있었다.

그리고 갑자기 화면이 바뀌더니, 체육관 창고가 화면에 나타났다.

창고에는 양손이 묶여 있는 N선생님이 있고, 화면의 가장자리에서 어찌된 일인지 대못과 망치를 가진 T가 N선생님에게 무서운 미소를 지으며 다가가고 있었다.

나와 Y는 놀라서 교무실로 달려가 거기에 있던 남자 선생님을 불러 체육관 창고로 달려갔다.

체육관 창고를 열어보니 바닥에 N선생님이 쓰러져 있었다. 의식을 잃고 있어 바로 앰뷸런스에 실려 병원으로 후송되었지만 병원에서 의식이 돌아오자마자 공포에 질린 얼굴로 경련을 일으키며 도망치려 했다고 한다. 그러나 결국 붙잡으려 하는 간호사들과 실랑이를 벌이다가 최후에는 괴성을 지르고 의식을 잃더니 그대로 세상을 떠났다고 한다.

나와 Y가 컴퓨터실에서 본 사이트는 실제로 존재하는 곳이었다.

T는 생전에 'AGH'라는 아이디로 그 사이트에 글을 올렸던 것 같다.

자살 사이트에 쓰여 있던 글을 토대로 경찰은 T의 자살 원인을 파악했다고 한다.

그렇지만 우리가 그날 봤던 동영상은 그후 어디에서도 찾아볼 수가 없었다.

우리가 봤던 동영상은 무엇이었을까?

믿었던 이들에게마저 배신당한 T의 원한이 그런 모습으로나마 나타났던 것일까?

아직도 T의 원한은 그 사이트 안에서 머물고 있는 것인지도 모른다.

# 다섯 통의 메일

**첫 번째 메일**

보낸 사람 : crown

날짜 : 2004년 8월 20일 14:36

받는 사람 : 카와이

제목 : 첫 메일입니다 !

얏호! 유코입니다.

처음으로 메일 보내보네요.

깜짝 놀랐어요, 정말로.

설마 같은 헬스클럽에 카나가 다니고 있을 거라곤 생각도 못 했으니까.

5년 만에 만나서 상당히 즐거웠어요.

그나저나 카나도 상당히 놀랐겠네요.

내가 짝사랑하던 사와타리 군과 결혼했으니까.

아하하.

그렇지만 사와타리 군과의 재회는 전혀 로맨틱하지 않았어요.

카나와 만난 헬스클럽에 다니기 전에 아침에 조깅을 했었는데 그 때 쓰레기 소각장 앞에서 만났어요.

우와, 꼴사나워라.

커다란 쓰레기봉투를 들고 내가 말을 거니까 엄청 놀라더라고요.

정말 얼굴이 완전히 새하얘져버리더군요.

지나치게 놀랐던 것 같아요^^.

이것이 우리 두 사람의 재회였어요.

그리고 서로 전화번호를 알게 되어 사귄 지 3개월 만에 결혼!

지금은 정말 행복하게 살고 있어요, 에헤헤.

이런 이야기는 약 오를까?

아, 추신.

메일은 가능하면 점심때에 보내요.


유코가.

## 두 번째 메일

보낸 사람 : crown

날짜 : 2004년 8월 23일 14:50

받는 사람 : 카와이

제목 : 답장 고마워요 !


예에, 유코예요!

답장 고마워요.

주부는 상당히 한가하니까 카나로부터 메일을 받거나 이렇게 답

장을 하는 건 상당히 즐거운 일이에요.

타카후미 씨는(아, 집에서는 타카후미 씨라고 부릅니다. 러브러브～) 아

침에 출근하면 저녁까지 돌아오지 않으니까 심심해요.

아이도 아직 없는데 상사는 눈치 없이 일만 시키고.

빨리 타카후미 씨를 데려오고 싶은데.

그래도 그 덕에 카나랑 메일도 주고받을 시간이 생기는 거지만.

그러고 보니 아직 이 동네에서 벌어졌다는 토막살인 사건의 범인

이 잡히지 않았죠?

근처에서도 없어진 사람이 있으면 그 토막 살인자에게 살해당한

거라는 소문이 있던데…….

솔직히 무서워요.

뭐, 나는 타카후미 씨가 있어서 지켜주지만.

어때? 어때? 부럽지, 싱글은?

또 약 올려버렸네요.


유코가.

**세 번째 메일**

보낸 사람 : crown

날짜 : 2004년 8월 25일 18:05

받는 사람 : 카와이

제목 : 오늘도 자랑해야지!


얏호, 유코예요!

오늘은 메일 보내는 게 좀 늦어져 버렸네요.

여러 가지 바쁜 일이 있어서 낮에는 시간이 좀 없었어요.

그렇지만 답장이 온 게 기뻐서 다시 메일을 보내요.

그러니까 카나도 꼭 답장해줘야 해요!

자, 그럼 오늘의 자랑거리는 말이지……^^.

타카후미 씨는 엄청 친절해서 집안일은 거의 다 돕고 있어요.

게다가 요리는 나보다 잘해! 상당히 쇼크!

또 보통 남자들은 쓰레기 같은 거 귀찮다고 잘 안 버리려고 하잖아요?

그런데 타카후미 씨는 내가 말하기도 전에 직접 나가서 쓰레기를 버려줘요.

상냥해! 멋있어!

그렇지만 가능한 한 쓰레기는 내가 치우려고 하고 있어요. 주변 사람들의 눈도 있고 하니까.

아, 타카후미 씨 돌아온 것 같다.

사실은 이 메일, 타카후미 씨의 컴퓨터에서 멋대로 보내고 있는 거예요.

업무용 컴퓨터니까 쓰면 안 된다고 했지만…….

그러니까 카나의 메일도 점심시간에만 보내달라는 거예요.

부탁할게요.

그러면 다음에 또.


유코가.

## 네 번째 메일

보낸 사람 : crown

날짜 : 2004년 8월 27일 17:23

받는 사람 : 카와이

제목 : 탐험하러 GO !


얏호! 유코예요!

오늘도 이것저것 일이 많아서 지금에야 메일을 보내게 되네요.

타카후미 씨가 올 때까지는 아직 조금 시간이 있어요.

그래서 지금 헛간을 탐험해보려고 합니다.

왜 제멋대로 그러냐고요?

사실 헛간은 '열리지 않는 문'이에요.

언제나 자물쇠가 걸려 있어 열리지가 않아요.

그런데 지난주 아침에 타카후미 씨가 헛간에 들어가는 것을 봤지 뭐예요?

왠지 타카후미 씨가 아침 일찍 침대에서 빠져나가기에 이상하다 싶어서 살짝 엿봤지요.

그러더니 헛간으로 들어가서는 쓰레기봉투를 가지고 집에서 나갔어요.

쓰레기봉투가 삼각형 모양으로 가득한 걸로 보아서 액체나 생활 쓰레기 같아요.

분명 나한테 쓰레기 버리는 일을 시키지 않으려고 잔뜩 신경 써 주는 거 같아요.

그렇지만 나같이 착한 아내는 남편을 고생시키고 싶지 않아요!

아까 타카후미 씨의 책상을 치우다 헛간 열쇠를 찾았어요.

그러니까 어서 헛간의 쓰레기를 버리려고요.

어떤 쓰레기인지는 모르겠지만 빨리빨리 치워버려야지.

이제 곧 타카후미 씨가 돌아오니까 그 전에 치워야겠어요.

그럼, 다녀오겠습니다.

아이쿠, 평소처럼 받은 메일을 지워놔야 하는데.


유코가.

## 다섯 번째 메일

보낸 사람 : crown

날짜 : 2004년 8월 28일 14:36

받는 사람 : 카와이

제목 : 안녕하세요.


안녕하십니까, 사와타리 유코입니다.

카와이 씨, 메일이 아니라 오랜만에 한번 만나고 싶습니다.

제가 찾아가려고 하는데 주소를 알려주시지 않겠습니까?

잘 부탁드립니다.

# 열쇠

호스트에게 빠지는 것도 갑작스러웠지만 그 사랑의 열 병이 끝나는 것도 갑작스러웠다.

나오미는 '료야'라고 하는 호스트에게 빠져서 상당한 돈을 써왔다. 그러나 그것을 이제 와서 아깝다고 말하고 싶지는 않았다. 비싼 수업료라고나 할까, 1년 반 동안 연인과의 즐거운 시간을 샀다고 생각하면 그리 아쉬울 것은 없었다.

단지 난처한 것이 있다면 그가 아파트의 열쇠를 돌려주지 않는 것이었다. 한창 정신을 놓고 사랑에 빠졌을 때, 일을 마치고 돌아왔을 때 그가 집에서 반겨준다면 행복할 것 같다는 생각에 무심코 열쇠를 복사해서 줘버렸던 것이다.

"돌려줘"라고 여러 번 이야기했지만 "잃어버렸어"라는 대답뿐이었다.

그렇지만 그동안 그는 그 열쇠를 한 번도 사용하지 않았었고, 벌써 헤어진 여자의 열쇠를 가지고 있어도 어쩔 수 없을 것이라고 생각했기에 나오미는 료야가 말하는 것을 믿었다.

그러던 어느 날 밤.

나오미는 문득 눈을 떴다. 무엇인가를 느낀 것이다. 그것은 몸 위를 어루만지는 손이었다.

"료야……."

내가 그에게 빠져 있던 것같이, 그도 사실은 나에게 빠져 있었던 것일까? 그래서 열쇠를 돌려주려 하지 않았던 것일까?

나오미는 어쩐지 기뻐져서 자신도 모르게 "아……" 하고 헐떡이는 목소리를 냈다. 그러자 기쁜 듯 몸을 만지는 손이 격렬해졌다. 손은 가슴을 훑었고, 머리카락을 쓰다듬으며, 허벅다리에 미끄러져 들어가고, 팔을 쓰다듬었다.

잠깐만……. 손이 너무 많다!

냉수를 끼얹은 듯 온몸이 차갑게 식는 것을 느끼며, 나오미는 이부자리를 박차고 양팔을 휘둘렀다.

몇 사람의 몸이 닿는 감촉이 느껴지고, 어두운 방 이곳 저곳에서 신음이 들렸다.

나오미는 반쯤 정신을 놓은 상태로 방을 뛰쳐나왔다.

30분 후 경찰과 함께 방에 돌아왔을 때, 방에는 아무도 없었다.

나중에 나오미는 경찰서에서 경찰이 찾아낸 인터넷 사이트를 보게 되었다. 그 인터넷 경매 사이트에서 자신의 주소와 사진, 그리고 방 열쇠가 판매되고 있었다.

입찰 건수만 50건이 넘었고, 5만 엔의 금액으로 30명 이상의 사람이 낙찰을 받은 후였다.

# 저주받은 키홀더

"야, 저주의 키홀더라는 거 알고 있냐?"

어느 날, 같은 과의 A가 나에게 말을 걸었다.

"뭐? 키홀더?"

A는 한마디로 말하자면 기분 나쁜 녀석이었다.

얼굴은 잘생겼지만, 초중고를 거치면서 누구를 왕따시 켰느니, 싸워서 진 적이 없다는 둥 쓸데없는 이야기를 자 랑스럽게 말했다. 머리가 나쁜 놈이다.

어째서 그런 녀석과 친구로 지내냐 하면, 사실 A는 한심 할 정도의 겁쟁이인 데다 자신에게 영감이 있다고 믿기 때 문이다. 그래서 무슨 일만 있으면 오컬트를 좋아하는 나에 게 상담하러 오는 것이다.

하지만 당연하달까, 지금까지 영적인 것에 관련된 일은 단 한 번도 없었다.

"그래, 키홀더. 가지고 있으면 며칠 뒤에 죽어버리는 저주가 붙어 있다던데."

"들어본 적이 없는 이야기인데. 뭐, 그냥 종종 나도는 소리 아니야?"

"몰랐나 보네……. 너는 취미가 취미니까 혹시 가지고 있나 싶었는데."

나의 취미는 말했다시피 오컬트 관련 물품 수집이다. 철이 들 무렵부터 모으기 시작해서, 지금은 상당한 수준이 되어 있다.

"그럴 리가. 애초에 그런 걸 가지고 있으면 내가 먼저 죽어버리잖아."

"아, 그건 그렇네……. 그렇지만 들어본 적도 없는 건가……."

"내가 아는 한 그런 건 없어. 무슨 일 있냐?"

"실은…… 지금 내가 가지고 있어."

"……?"

A는 가방 속에서 이상한 모양의 키홀더를 꺼내 나에게 보여주었다. 마름모꼴의 동판 한가운데에 십자가가 그려

져 있고, 그 위에 X가 그려져 있었다. 솔직히 말해 어디서든 팔 법한 싸구려 키홀더였다.

"이게 저주의 키홀더라고? 뭔가 짚이는 거라도 있냐?"

"아니, 자세히는 모르겠지만……. 어젯밤에 집에서 가방을 살폈더니 이게 들어 있었어. 메모 같은 거랑 같이."

A는 그렇게 말하며 그 메모를 나에게 건넸다.

"'이것은 저주의 키홀더다. 너는 이제 죽을 수밖에 없다.'……좀 유치하네. 누가 장난친 거겠지."

"그렇겠지? 장난이겠지? 도대체가…… 누구 짓이지? 이건 너 줄게."

"뭐? 필요 없어, 이런 건. 나는 제대로 된 물건만 모으고 있다고."

"아, 그런가……. 그러면 버리고 가야겠다. 정말 귀찮네……."

A는 투덜거리면서 근처 쓰레기통에 키홀더를 버리고 돌아갔다.

그리고 이틀 후, 또 A가 나를 찾아왔다. 어째서인지 벌벌 떨고 있었다.

"지난번에 버렸었지? 그거, 확실하게 버렸었지?"

"무슨 소리야?"

"키홀더 말이야. 쓰레기통에 확실히 버렸는데, 또 가방에 들어 있었어!"

그렇게 말하고는 A가 가방에서 키홀더를 꺼냈다. 확실히 지난번 그 키홀더였다.

"정말이네……."

A는 확실히 그것을 쓰레기통에 버렸다.

나도 보고 있었으니 그것은 확실하다.

"저주받은 걸까? 이제 끝인 거야? 야, 어떻게든 해줘! 이거 줄게. 제발 좀 가져가 줘!"

"진정해. 그렇지만 그건 더 이상 버리지 않는 편이 좋을 것 같은데."

"무슨 소리야? 그럼 이대로 죽으라는 거야?"

"저주받은 물건은 버리려고 하면 역효과가 나타난다고. 버리면 버릴수록 힘이 강해지는 것도 많으니까……."

"뭐? 그런 건 빨리 말했어야지! 벌써 한 번 버렸잖아!"

도대체 이 녀석은……

"아, 그럼 조사해볼 테니까 며칠만 좀 기다려줘."

"며칠이나 걸리는데? 서둘러!"

나는 시끄럽게 떠드는 A를 달래고 그 자리에서 빠져나왔다.

다음 날, 내가 도서관에서 조사를 하고 있자 A가 다가왔다. 왠지 생기가 없었다.

"야, 좀 들어줘. 정말 위험한 것 같아."

"무, 무슨 일인데?"

"어젯밤 자기 전에 화장실에 갔었어. 나 자취하잖아. 그런데 화장실 문을 열려고 했더니 문이 안 열리는 거야. 분명 아무도 없을 텐데 안에서 잠겨 있었어……. 게다가 안에서 목소리가 들렸어. 그것도 한 명도 아니고 여러 명의 목소리가, 어이, 어이, 어이 하고 부르는 거야……."

A는 어젯밤의 일이 생각난 것인지 몸을 떨고 있었다.

"너무 무서워서 그대로 방에서 도망쳐 나왔어……."

A는 그 후 아침까지 편의점과 만화방에서 시간을 보내다 아침이 되어서야 방으로 돌아갔다는 것이었다.

"어떻게 방법이 없을까? 부탁할게. 그래, 너 오늘 우리 집에서 자고 가라."

이 녀석의 집에는 몇 번 간 적이 있지만, 그날은 사정이 좀 좋지 않았다.

"아니, 오늘은 좀 무리야……. 그래, 대신 이걸 줄게."

나는 준비해온 부적을 A에게 건네주었다.

"이걸 방에 붙여 둬. 너를 지켜줄 테니까."

"오……, 고마워! 아무튼 빨리 좀 찾아봐!"

A는 부적 덕분에 안심했는지, 또 제멋대로 말을 하고 돌아가 버렸다.

다음 날, 또 A가 나를 찾아왔다. 어쩐지 살이 쫙 빠진 것 같았다. 아무래도 부적은 효과가 없던 것 같다.

"한밤중에 자고 있는데, 무슨 낌새가 느껴져서 일어났어. 그랬더니…… 방에 무언가가 있었어. 검은 그림자가 방구석에 있었다고. 그리고 또 들렸어, 부르는 소리가. 이번에는 내 이름을 부르고 있었어……."

A는 머리를 움켜쥐고 있었다.

"그 부적으로는 안 되는 건가……."

나는 잠시 생각하다가 어제보다 강력한 것이라고 말하며 다른 부적을 건네주었다. 지금 할 수 있는 것은 이 정도밖에 없었다. A는 그것을 들고 휘청거리며 돌아갔다.

그러나 A의 주변에서는 계속해서 이상한 일들이 일어났다. 들려오는 소리도 바뀌었다. 더 직접적으로, 아예 "죽어라!"라고 말하기 시작했다. 저주하는 소리가 휴대전화의 음성 사서함에도 들어 있었다고 한다. 방이 무서워서 공원 벤치에서 노숙하려 할 때도 들려왔다고 한다.

A는 점점 혼잣말을 하는 일이 늘어나기 시작했다. 평소

에도 주변에 친한 사람이 드물었지만, 이제는 아무도 A 곁에 가려고 하지 않았다.

미쳐가고 있는 것일까?

아니, 이미 미쳐 있는 것인지도 모른다.

얼마 뒤부터 A는 학교에 나오지 않았다. 그리고 그로부터 며칠 뒤, A는 방에서 목을 매 숨진 채 발견되었다.

지금 내 손 안에는 A가 가지고 있던 키홀더가 있다.

싸구려 키홀더.

내가 샀던 평범한 키홀더.

A 덕분에 이것은 저주의 키홀더가 되었다.

쓰레기통에 버려진 키홀더를 찾고, A네 집의 여벌 열쇠를 만들고, 목소리를 녹음해서 틀었던 보람이 있다.

A가 단순한 녀석이라 쉬웠다.

이것으로 나의 수집품이 또 하나 늘었다.

저주의 키홀더……

정말로 끔찍한 죽음의 물건이다.

실제로 가지고 있던 사람이 죽은, 진짜다.

# 엘리베이터의 여자

그날 밤, 나는 아파트 로비에서 엘리베이터를 기다리고 있었다. 남자 친구의 집에서 놀다가 밤 열두 시쯤 나와, 남자 친구가 차로 막 데려다 주고 갔을 때였다.

그때 엘리베이터는 3층에 있었다. 2층, 1층, 그리고 지하까지 내려갔다가, 다시 1층으로 올라왔다. 땡 하는 소리와 함께 엘리베이터 문이 열렸다.

타려는 순간, 나는 몸이 움찔했다. 엘리베이터에는 여자가 혼자 타고 있었다. 서른 살 정도쯤 되었을까? 마치 박쥐 같은 모습이었다. 여자는 양손을 가지런히 포개고 고개를 숙인 채 서 있었다.

이상한 것은 그 여자가 입구 쪽으로 등을 돌린 채 서 있었다는 것이다. 유리로 되어 있어 밖의 풍경을 볼 수 있는 커다란 엘리베이터라면 이해하겠지만, 이런 작은 맨션의 엘리베이터에서 혼자 벽 쪽을 향한 채 타고 있다니, 어쩐지 약간 꺼림칙했다.

그렇지만 다행인지 그 뒷모습은 공격적인 느낌이 들지는 않았다. 몸집도 작은 데다, 입고 있는 옷도 동네 사람들과 그다지 다르지 않다. 괜찮을 것 같다고 판단한 나는 경계심을 풀고 아무렇지도 않은 척 엘리베이터를 탔다.

태연하게 올라타서 문 닫힘 버튼을 누르고 4층의 버튼을 누르는 순간, 또 이상한 것이 눈에 들어왔다.

버튼을 누르면서 보니, 어느 층의 버튼도 눌러져 있지 않았다. 맨션에 사는 사람이 아닌가? 혹시 엘리베이터 조작법을 모르는 조금 모자란 사람인가? 뒤돌아서 몇 층에 가는 건지 한번 물어볼까?

그러나…… 그러한 일을 생각하고 있는 사이에도 그 여자는 조금도 움직이지 않고 부동의 자세로 있었기 때문에 나는 말 한 마디 걸지 못하고 이내 4층에 도착해버렸다.

'혹시 이 여자, 나 따라 내리는 거 아냐? 그러면 어떡하지?' 하는 생각이 들었지만, 문이 닫히는 소리가 등 뒤로 들려올 뿐 인기척은 전혀 느껴지지 않았다. 여자는 끝까지 엘리베이터 문에서 등을 돌린 채 서 있을 뿐이었다.

나는 공연한 생각으로 두근거리는 가슴을 진정시키며 집으로 들어섰다. 자고 있는 엄마가 깨지 않도록 조용히 샤워를 하고 나와 냉장고 문을 열었다. 샤워를 마치고 늘 마시던 우유가 마침 떨어져 있었다.

귀찮았지만 어쩔 수 없이 우유를 사러 나가기로 했다. 아파트 근처에는 편의점이 있다. 밤중에 나가는 것이 흔한 일은 아니지만, 시원한 우유 한 잔이 간절하던 터라 나는 지갑을 가지고 문을 잠근 뒤 엘리베이터로 향했다.

엘리베이터는 4층에 머물러 있었기 때문에, 내려감 버튼을 누르자 곧바로 문이 열렸다.

순간 나는 소스라치게 놀라 뒤로 자빠질 뻔했다.

아까 봤던 그 이상한 여자가, 아직도 똑같은 자세로 타고 있었기 때문이다.

순간 온몸에 소름이 쫙 돋아 무서워서 제대로 서 있을 수가 없었다. 도저히 엘리베이터에 발을 들여놓을 용기가 나지 않았다. 엘리베이터에 들어서는 순간, 그 여자가 고개를 돌려 나를 볼 것만 같았다.

나는 갈증이 싹 가시며 그 여자가 뒤를 돌아보지 않기만을 바라며 뒷걸음질을 쳤다. 눈앞이 캄캄해져서 정신을 차

릴 수 없이 놀라 재빨리 계단으로 도망치듯 달려갔다.

스르륵—.

뒤에서 엘리베이터 문이 닫히는 소리가 가까스로 들렸다. 여자가 내린 소리는 나지 않았다. 안도의 숨을 내쉬며 '뭐지? 저 이상한 여자는……' 하며 생각한 순간.

다다다다닥!

닫힌 엘리베이터 밖으로 복도에서 내 쪽으로 점점 다가오는 발자국 소리가 들렸다.

나는 사시나무 떨듯 바들바들 떨며 가까스로 문을 열고 들어와서 방에 이불을 뒤집어쓴 채 드러누웠다. 그 이상한 여자가 내가 샤워하고 나올 그 한참 동안 계속 엘리베이터에 있었던 걸까? 나를 기다리고 있었던 걸까?

다음 날 아침, 난 손이 떨려서 도저히 엘리베이터 버튼을 누를 수 없었다. 엘리베이터 타는 것을 포기하고 계단으로 내려가려던 참에 뒤따라온 엄마가 "나간 지가 언제인데 아직도 엘리베이터 앞에서 제사 지내고 있냐?"며 핀잔과 함께 엘리베이터 문을 열어버렸다. 눈을 질끈 감고 있던 내 앞에 다행스럽게도 그 여자의 모습은 없었다.

그날 이후로 아직까지 난 엘리베이터를 타지 못한다. 물론 그 여자의 모습을 다시 보지는 못했다. 다만 아직도 그 여자가 누구인지, 그리고 그 시간 동안 엘리베이터 속에서 무엇을 하고 있었는지, 왜 갑자기 내 뒤를 밟았는지 모르겠다.

# 코토리

'코토리(子取り)'라는 것을 알고 있는가?

코토리란, '아이를 취한다'는 뜻의 일본어이다. 즉, 코토리는 옛날에 아이를 유괴하여 서커스 같은 곳에 팔아 치우는 사람들을 일컫는 말이다.

세상이 바뀐 요즘에는 꽤 듣기 어려운 말이 되어서, 사실상 사라진 단어다. 그래서 나는 이제는 더 이상 코토리 같은 건 없어졌거나, 처음부터 없었던 게 아닐까 하고 생각했었다.

그러던 어느 날 원양어선에서 일하는 친구가 뭍으로 돌아왔다. 그 녀석은 고등학교 때 동창으로, 원래 아버지가 어부였기 때문에 바다 일을 하고 싶어하던 놈이었다. 그리고 졸업하자마자 "바다를 알기 위해서는 필요해"라고 말하며 바로 배를 타서 계속 바다에 나가 있었던 친구였다.

그 녀석이 무려 1년 반 만에 뭍으로 돌아온 것이다.

친구가 돌아온 그날, 나는 축하하기 위해 술을 가지고 그 녀석의 집을 찾았다. 집에서는 이미 축하연이 시작되어 있었고, 내가 가져간 술도 금세 바닥을 보였다.

술이 얼큰하게 취한 나는 친구 옆에 앉아 작은 목소리로 이런 것을 물어봤다. 매우 사소한 것이지만 젊은 나이다 보니 계속 궁금했던 것이다.

"너, 1년 반 동안 성욕은 어떻게 처리한 거야? 역시 자위라도 하고 있던 거야?"

그런데 그 말을 듣자 친구의 얼굴이 새파랗게 질리는 것이었다.

"아니, 뭐……. 그런 건 아무래도 별 상관없잖아!"

나는 친구의 태도를 보자 말하기 부끄러워 그런가 싶어 더 깊게 묻지 않았다.

축하연도 슬슬 끝나갈 무렵, 나는 그 녀석에게 물었다.

"다음에는 언제 출항하냐?"

그러자 그 녀석은 또 얼굴이 새파래져서 대답했다.

"아아, 다음 달 말이나 갈 것 같아……."

다음 날, 그 녀석은 오토바이 사고로 병원에 입원했다. 그다지 속도는 내지 않았지만 두 다리가 모두 부러져버렸다고 했다.

나는 병문안을 가서 농담으로 이렇게 말했다.

"잘됐구만. 이제 배에 안 타도 되니까 2년 정도 푹 쉬면서 벌어놓은 돈으로 뒹굴대라고."

그러자 그 녀석은 조용히 속삭였다.

"이제, 더 이상 배는 타고 싶지 않아……."

나는 땅이 그렇게 그리웠나 싶어서 별로 신경 쓰지 않았다. 하지만 그놈은 부들부들 떨면서 이렇게 말했다.

"너에게만은…… 아니, 그렇지만……."

무엇인가 말하고 싶어하는 그 녀석에게 나는 말했다.

"무슨 일이야. 말하고 싶은 게 있으면 편하게 말해줘."

그리고 그 녀석은 이런 이야기를 내게 들려주었다.

그 녀석은 고등학교를 졸업하고 배를 타기 전, 처음으로 일을 맡았다고 했다.

그것은 출항 전날 어느 장소에서 물건을 받아, 배에 싣는 단순한 일이었다고 한다.

친구가 지정받은 장소에 가자, 과묵한 남자가 자동차 트렁크에서 커다란 케이스를 꺼냈다고 한다.

그 수는 세 개.

친구는 '음식인가?'라고 생각하며 그것을 그대로 배의 창고에 실었다고 한다. 그리고 출항하고 이틀째 밤이 되었을 때, 선장이 말했다.

"슬슬 꺼내볼까?"

그러자 다른 승무원들이 친구가 가져온 케이스들을 가져왔다.

친구는 '술잔치라도 하려는 건가?'라고 생각했다고 한다. 하지만 케이스 안에서 나온 것은 친구의 생각과는 전혀 동떨어진 것이었다.

그 안에 있던 것은 여자였다.

그것도 세 개의 케이스에 모두 여자가 한 명씩 들어 있었다고 한다.

한 명은 초등학생 정도, 다른 한 명은 친구의 여동생과 비슷한 나이 또래의 고등학생, 그리고 마지막은 20대 중순의 여자였다.

여자들은 케이스에서 나오자 순간 당황했지만, 바로 상황을 파악한 것인지 20대 중순의 여자가 아우성치기 시작했다.

하지만 그곳은 바다 위. 아무리 울어도 들을 사람은 없었고, 바로 광연이 시작되었다.

친구는 처음에는 당황해서 그 자리에서 도망치려 했다고 한다. 하지만 성욕에 진 것도 있고, 거기다 주변에서 참여하지 않으면 혼을 내겠다는 으름장을 질러대 어쩔 수 없이 동참하게 되었다는 것이었다.

그렇게 한 달이 흘러갔다.

그녀들은 자살도 할 수 없도록 감금되었고, 선원들이 하고 싶을 때는 언제나 창고에 들어가 내키는 대로 했다고 한다. 친구도 예외는 아니어서 셀 수도 없이 범했다는 것이다.

몇 달이 흘러가자 그녀들은 말조차 하지 않게 되었고, 낙태와 영양실조로 인해 점점 흉한 모습이 되어갔다.

그리고 뭍으로 돌아갈 날이 가까워지자, 선장은 여자들을 창고에서 꺼내오라고 지시했다. 또 공개 강간이라도 하는 것인가라고 생각하고 있는데, 그날은 분위기가 이상했다.

초등학생만 한 어린아이에게 물고기를 해체할 때 쓰는 나이프를 들이대는 것이었다.

'뭐야……'라고 친구가 놀라고 있는 사이, 선장은 그 아이의 배에 칼을 찔러 넣었다.

엄청난 비명을 지르는 아이와 더불어, 이전까지 입을 열지 않던 다른 여자들도 큰 소리로 울부짖기 시작했다.

선장은 그 아이의 배에 칼을 찔러대며 이렇게 말했다고 한다.

"바로 이 순간을 위해서 이렇게 더러운 일을 하고 있는 거지."

그 후 나머지 두 명도 끔찍하게 살해당하고, 시체라고 하기도 어려운 고기 조각들은 바다에 뿌려졌다.

친구는 마지막 그 광연만은 참가할 수 없었다. 그저 계속 토하면서, 지금까지 자신이 해온 짓들을 용서해달라고 빌 수밖에 없었다는 것이다.

다음 날은 마치 처음 출항한 날처럼 아무 일도 없었던 것 같은 모습이었다고 한다. 창고도 깔끔히 정리되어 있어, 어제까지의 일들이 꿈이라고 생각될 정도였다.

하지만 육지에 도착했을 때, 친구는 마지막 일이라며 어느 남자에게 돈을 건네주라는 지시를 받았다. 친구가 돈을 가지고 가자, 1년 반 전 케이스를 건네주었던 그 남자가 있었다.

친구가 돈을 그 남자에게 주자, 남자는 돈을 세며 이렇게 말했다고 한다.

"그건 상등품이었지? 도쿄에서 주웠던 거야. 요즘은 인 터넷 사이트로 꾀어낼 수 있으니까 세상 편해졌지. 옛날엔 까딱 잘못하면 경찰한테 잡혀갔는데 말이야. 요즘은 그럴 걱정이 없어 안심이지. 그러면 다음 달에 또 가져오면 되 겠지? 세 명이면 되나? 지난번보다 어린 것들이 좋을까?"

친구는 적당히 말을 흐리고 그대로 도망쳤다고 한다.

그 후 친구는 두 번 다시 배에 타고 싶지 않아져서, 일 부러 사고를 당해 구실을 만들었다는 것이다.

그리고 배가 출항하기 직전, 친구는 모습을 감췄다.

그 배는 아직까지 돌아오지 않고 있다.

친구는 지금 어디에 있는 것일까.

## 편의점

 

내가 아는 한 후배는 편의점에서 심야 아르바이트를 하고 있었다. 후배는 함께 아르바이트를 하고 있던 직장 선배와 함께 계산대 뒤에서 만화를 보거나 게임을 하며 시간을 때웠다.

어느 날.

평소처럼 계산대에서 과자를 먹으며 그 선배와 잡담을 하고 있었다. 일이라고는 새벽이다 보니 손님도 없어서 가끔 모니터를 체크하는 것뿐이었다.

모니터는 화면이 4분할되어 있는 기계였다. 카메라는 각각 계산대를 비추는 것이 2개, 식료품 찬장에 1개, 책장에 1개씩 분할되어 있었다.

그런데 어느새 책장 쪽에 여자가 한 명 서 있는 것이 아닌가. 머리가 허리까지 치렁치렁한 여자였다.

"이상하네. 문이 열릴 때 울리는 차임벨 소리 들었냐?"

선배는 잠깐 이상하게 생각했지만, 기계가 가끔 오작동하는 경우도 있어서 깊이 생각하지는 않았다.

그러나 무언가 이상했다.

시간이 한참이 지났지만 여자는 그 자리에서 움직일 기색을 보이지 않았다. 책을 읽고 있는 것인가 했지만 그것도 아니었다. 여자의 손에는 아무것도 없었고, 그저 책장을 빤히 응시하고 있을 뿐이었다.

"야, 저 여자 책 훔치려는 거 아닐까?"

선배가 말했다.

어딘지 모르게 이상한 분위기가 느껴지는 여자였다.

후배도 그 생각을 하고 있던 차였기에 고개를 끄덕였다. 선배가 말없이 눈짓을 보내며 계산대 쪽에서 여자에게 다가가기에 후배는 뒤쪽으로 돌아 책장으로 향했다.

그렇지만 막상 책장까지 와 보니 여자가 없었다.

두 사람은 고개를 갸웃했다.

분명히 도망칠 구멍이 없도록 양쪽에서 접근했는데…….

그때 화장실 쪽에서 물을 내리는 소리가 들려왔다.

"뭐야, 화장실에 간 건가?"

이상한 사람이라고 생각하며 두 사람은 다시 계산대로 돌아왔다.

그러나 모니터를 다시 보고 둘은 움직일 수 없었다.

방금 전과 조금도 다름없는 모습으로 여자가 책장을 바라보고 있는 것이었다.

빠르다.

지나치게 빠르다.

혹시 모니터가 고장 난 것인가 싶어 다시 한 번 두 사람은 책장으로 가보았다.

그러나 여자는 없었다.

식은땀이 등 뒤로 흘러내리는 것을 느끼며 두 사람은 아무 말 없이 계산대로 돌아왔다. 그리고 누가 먼저랄 것도 없이 모니터를 확인했다.

"아, 없어졌다……."

선배가 다행이라는 듯 중얼거렸다. 그 말에 후배 역시 마음이 놓여서 크게 한숨을 내쉬며 선배를 향해 얼굴을 돌리려고 할 때였다.

"기다려! 움직이지 마!"

선배가 작은 목소리로 절박하게 말했다.

두 사람은 모니터를 보고 있는 채로 굳어 있었다.

"절대로 지금 뒤를 돌아보지 마⋯⋯."

선배가 다시 작은 목소리로 말했다.

'왜 그러는 거지?'라고 생각한 후배가 모니터를 보는 순간 그 이유를 알 수 있었다.

화면에는 4개의 모니터를 통해 편의점 안을 볼 수 있었다. 카메라 영상에는 아무것도 없었다. 다만 모니터 귀퉁이의 어두운 부분에 자신과 선배의 얼굴이 마치 거울처럼 비쳤다.

그런데 선배와 자신의 얼굴 바로 사이에.

또 하나, 여자의 얼굴이 있었다.

비명을 겨우 참아내며 후배는 몸을 떨었다.

가만히 몇 분 정도 있었을까.

무언가를 중얼거리면서 여자의 얼굴이 사라졌다.

"이제 괜찮아."

선배의 목소리가 들려오고 나서야 후배는 겨우 숨을 돌렸다. 조심스레 뒤를 돌아보았지만 아무도 없었다.

"여기 뭔지는 모르겠지만 이상한 게 나타나는구나⋯⋯."

선배는 질린 듯한 목소리로 중얼대며 후배 쪽을 바라보았다.

"그렇네요……"라고 대답하던 도중, 후배는 그대로 굳어버렸다.

그 시선을 따라 선배는 모니터를 다시 바라보았다.

거기에는 그 여자가 있었다.

그 여자는 카메라를 향해 입을 찢어질 듯 벌리며 웃고 있었다!

두 사람은 그 길로 편의점에서 도망쳐 나왔고, 다음 날부터 아르바이트를 그만두었다고 한다.

# 고깃덩어리

지금으로부터 10년 정도 전의 이야기다.

당시 고등학생이던 나는 같은 반의 M과 함께 쇼핑하러 가기로 약속을 했다. 약속 시간이 5분 정도 지날 즈음 M이 왔다.

"어디부터 갈까?"

"우선 맥도날드에서 뭐라도 먹을래?"

그렇게 서서 이야기를 나누고 있는데, 어디선가 이상한 냄새가 났다.

"저기, 음식물 쓰레기 냄새가 나지 않냐?"

나는 M에게 물었다.

"그래? 잘 모르겠는데……. 자, 일단 맥도날드나 가자!"

그렇게 말하고 M은 먼저 걸어 나가기 시작했다.

그런데 등을 돌린 M의 코트에 달린 모자가 조금 더러워져 있었다. 갈색의 얼룩이 져 있었다.

"여기 뭐가 묻었는데."

나는 M에게 그 사실을 알려주었다.

"엥? 그럴 리가! 이거 어제 세탁한 옷인데……. 이걸로 좀 닦아주지 않을래?"

M은 얼룩을 보고는 울상이 되어서, 가방에서 물티슈를 꺼냈다.

나는 얼룩을 닦아주기 위해 후드에 손을 뻗었다.

그런데 후드를 잡은 순간 손에 물컹거리는 이상한 감촉이 느껴졌다.

깜짝 놀란 나는 후드 안을 들여다보았다.

후드 안에는 작은 덩어리가 들어 있었다. 자세히 보자 색이 갈색으로 변한 고깃덩어리 같았다.

그것을 말하자 M은 울상이 되어서 "빨리 버려줘"라고 징징댔다.

나는 얼른 그것을 꺼내서 옆에 있는 쓰레기통에 버렸다.

"도대체 누가 장난을 친 거지?"라고 잠깐 기분이 나빴지만 우리는 금방 잊어버리고 쇼핑을 하고 집으로 돌아왔다.

집에 돌아오자 아버지가 신문을 읽고 계셨다.

"어제 이 동네에서 누가 투신자살을 했나 보다."

"으…… 기분 나빠……. 전철에 뛰어든 거예요?"

그렇게 아버지와 대화를 나누며 나는 신문으로 눈을 돌렸다.

그리고 나는 신문을 본 것을 후회했다.

M네 집은 사고가 난 전철선로 바로 옆에 있는 집이었다.

내가 잡아서 버렸던 그 고깃덩어리는 아마…….

# 별을 보는 소녀

최근 내게는 신경 쓰이는 일이 생겼다.

심야 아르바이트를 마치고 돌아오는 길에 있는 아파트가 있었다. 그런데 그 아파트 가운데 한 집의 창문에 별을 바라보고 있는 소녀가 있다.

그 소녀는 싫증도 나지 않는 듯, 늘 같은 시간에 밤하늘을 바라보고 있었다.

처음에는 그다지 신경 쓰지 않는데, 그린 날이 며칠이고 계속되다 보니 마음속에서 점점 소녀의 존재가 커지고 있다는 것을 느꼈다.

며칠을 고민 끝에 나는 그 소녀에게 고백을 하기로 결심했다.

뛰는 가슴을 겨우 억누르며 계단을 올라, 드디어 소녀의 집 앞까지 왔다.

초인종을 눌렀지만 대답이 없었다.

"아무도 집에 없나······."

그렇게 생각하며 나는 무심코 문고리를 돌렸다.

의외로 저항 없이 문이 열렸다.

거기서 나는 모든 것을 보고 말았다.

내가 마음에 품고 있던 소녀는, 창가에 목을 매달고 있었다는 것을······.

# 산길 괴담

대학 시절, 동아리 친구와 둘이 한밤중에 드라이브를 한 적이 있었다.

즉흥적으로 인근 도시의 라면집까지 멀리 나갔다가, 돌아오는 길에 뱀처럼 구불구불한 산길을 지나오게 되었다.

낮에는 몇 번 지나간 적 있던 길이었지만, 밤이 되니 이것이 같은 길인가 싶을 정도로 기분 나쁜 분위기였다.

운전을 하고 있던 것은 나였지만 나는 겁쟁이였기 때문에 운전하고 싶지 않았다. 하지만 친구는 라면집에서 술을 한잔 걸쳤기 때문에 조수석에 앉아 무책임하게 가벼운 말들을 던져대고 있었다.

그러다 문득 그 녀석이 목소리를 낮추고 속삭였다.

"이 고개에는 말이지, 여러 가지 이상한 이야기가 있어."

나는 들은 적이 없는 소리였지만 "뭔데, 뭐야? 무슨 이야기야?"라고 물었다간 그놈이 무서운 이야기를 해서 겁을 줄까 걱정이 됐다.

그래서 흥미 없는 척하며 "아, 그래"라고 쌀쌀맞게 대답했다.

그 녀석은 어째서인지 고개를 숙이고 잠시 입을 다물고 있었다.

2차선 도로였지만 반대편에는 차가 한 대도 보이지 않았다. 겨우 구색을 맞추기 위해서 전등이 드문드문 서 있을 뿐이었다.

말없이 계속 달리고 있는데 갑자기 커다란 사람의 모습이 앞에서 나타났다.

순간 깜짝 놀랐지만, 곧 그것이 길가에 서 있는 지장보살이라는 걸 알아차리자 마음이 놓였다. 이 주변에는 왠지 모르겠지만 커다란 지장보살이 있던 것이다.

그때 입을 다물고 있던 친구가 입을 열었다.

"야, 무서운 이야기 해줄까?"

이 자식, 조용하다 싶었더니 괴담을 생각하고 있었구나. 하지만 그만두라고 말하자니 어쩐지 자존심이 상해서 나는 "아, 그래, 좋아"라고 말해버렸다.

그 녀석은 고개를 숙인 채로 이야기를 시작했다.

"할아버지가 말해준 거지만, 우리 할아버지 댁 정원에는 어린애가 묻혀 있대. 그 집 엄청 낡았거든. 언제부터 있던 건지는 모르겠지만 이상한 돌이 정원 구석에 있어. 그 아래 묻혀 있다더군."

"할아버지 말에 따르면 그 어린애가 우리 집을 대대로 지켜줬대. 그 대신 언제나 화가 나 있기 때문에 매일매일 물로 그 돌 주변을 깨끗하게 닦지 않으면 안 된다는 거야."

"할아버지나 할머니가 매일 그 돌을 닦고 있었지만, 나는 아무래도 그 이야기를 못 믿겠더라구. 그래서 초등학생일 때 병원에 누워계셨던 증조할아버지의 병문안 때 여쭤봤었어."

"증조할아버지도 그곳에 어린애가 묻혀 있다고 말씀하시더라구. 그것도 증조할아버지의 할아버지한테 들은 이야기라는 거야. 어린 나한테는 정말 생각도 못할 만큼 옛날이야기라서, 나는 그게 사실이 틀림없다고 단순히 믿어버렸지."

친구는 담담히 이야기를 계속해나갔다. 이런 곳에서 하는 괴담치고는 상당히 이상한 이야기였다.

"어린애라는 건 말야. 자시키와라시(座敷わらし)랄까, 집을 지키는 수호신이라는 거였지. 그런데 묻혀 있다는 게 영 이상해서 난 증조할아버지에게 물어봤던 거야. 왜 묻혀 있는 거예요? 하고."

거기까지 들었을 때. 갑자기 눈앞에 사람의 모습이 나타나 나는 나도 모르게 핸들을 반대편으로 꺾었다. 불빛에 한순간 비쳤을 뿐이었지만 사람의 모습이 아니었던 것 같았다.

지장보살인가? 그렇게 생각한 순간 등골이 오싹했다.

한 번 지나갔던 길 같네? 있을 수 없는 일이다.

길은 좁은 데다 일방통행의 오솔길이었다.

"증조할아버지는 침대 위에서 양손을 모으고. 눈을 감은 채 속삭이셨어. 옛날 우리 집의 당주가 복을 부르는 아이를 집에 데려왔단다. 그 덕에 집은 대단히 번창했지. 하지만 술과 여자로 아무리 대접해도 그 아이는 돌아가려고 했어. 그래서 당주는 칼을 뽑아 그 아이의 사지를 자르고 그것을 집 어딘가에 하나씩 묻어버렸단다."

나는 머리가 어질어질했다.

길이 어딘지 모르겠다.

나무가 양쪽에 무성한 것은 여전하지만 아직 고개에서

80

벗어나지 못했다는 게 너무나 이상했다.

아까 그 지장보살은 뭐였을까. 지장보살이 두 개였던 것 같지는 않다.

차선은 구불구불 라이트에서 도망치듯 굽어 있었다.

친구는 때때로 다시 생각하는 것처럼 고개를 숙이며 계속 말하고 있었다.

"그 이후 우리 집은 장사로 대단히 번성했지만, 아이가 일찍 죽거나 유행병으로 가족이 죽는 일도 잦았다나 봐. 증조할아버지 말로는 그 아이는 복을 가져오는 동시에 우리 집에 재앙을 가져온 신이라더군. 그래서 분노를 가라앉히기 위해서 그 돌을 소중히 해야 한다는 거였지."

그만 듣고 싶었다.

"야, 그만해라."

돌아가는 길을 모르겠다고 말할 생각이었다. 정말 같은 길을 빙글빙글 돌고 있다는 생각이 들었던 것이다. 친구가 하는 이야기도 전혀 이해할 수가 없었다.

문득 맨 처음 친구가 했던 말이 떠올랐다.

"이 고개에는 말이지, 여러 가지 이상한 이야기가 있어."

그 이야기는 뭐였을까?

친구는 계속 이야기를 하고 있었다.

"이 이야기는 원래 우리 집안의 비밀이야. 원래대로라면 다른 사람에게 하면 안 되는 이야기지만……."

"야, 그만하라고!"

참을 수 없어서 화를 냈다.

친구는 고개를 들지 않았다. 장난을 치고 있는 것 같았지만 자세히 보니 어깨가 덜덜 흔들리고 있는 것 같았다.

"이 이야기에는 이상한 점이 있어서, 나 그걸 물어봤어. 그러니까 증조할아버지는 주술 하나를 가르쳐주셨어."

"야, 왜 그러는 거야! 왜 그런 이야기를 하는 거야!"

"그러니까……."

"야! 바깥이 이상해. 모르겠어?"

나는 필사적이었다.

"그러니까……. 이런 때에는 이렇게 말하세요, 라고. 호이호이. 너의 팔은 어디에 있느냐. 너의 다리는 어디에 있느냐. 기둥을 짊어지고 어디에 가려느냐. 원한을 짊어지고 어디에 가려느냐. 호이호이."

심장에 찬물이 끼얹어진 느낌이었다. 전신에 소름이 끼쳐 덜덜 떨리고 있었다.

"호이호이"라는 여음이 머리에 울렸다.

"호이호이……"라고 중얼대면서 나는 무심결에 핸들을

잡고 있었다.

보이지 않는 안개 같은 것이 머릿속에서 떠나가는 것 같은 느낌이 들었다.

"부탁한다."

친구는 그렇게 말하고 양손을 잡고 침묵했다.

정신을 차렸을 때는 이미 본 적 있는 넓은 길로 나서고 있었다. 시내에 들어가고, 어느 패밀리 레스토랑에 들어갈 때까지 우리들은 말이 없었다.

친구의 말에 따르면 그 고개 부근에서 조수석 문 아래 틈에서 갑자기 얼굴이 보였다고 한다. 장난스런 말을 멈춘 시점이 바로 그때였던 것이다.

창백한 얼굴이 쑥하고 기어 나와 히죽히죽 웃기에 이건 위험하다고 느꼈다는 것이다. 나에게 들려준 이야기는, 나에게 했다기보다는 그 얼굴을 보면서 한 이야기였다고 한다. 집안의 사람이 위기에 빠졌을 때 말하는 주술이었다는 것이다.

"집에 돌아가면 그 어린애한테 꼭 감사하다고 말해야겠다."

나는 장난스럽게 말했다.

"그런데 네가 그런 이야기를 믿고 있다니 조금 의외인

데?"라고 한마디를 덧붙였다.

그러자 친구는 기묘한 표정을 지으며 말했다.

"나, 그 돌 밑을 파봤었거든."

# 불고기 파티

오늘은 휴일이라 오랜만에 친구 세 명을 불러서 불고기 파티를 하기로 했다.

초대한 친구들과 신 나게 먹던 도중 중간에 고기가 떨어져서 나는 미안한 마음에 서둘러 고기를 사러 갔다. 친구들에게는 먼저 먹고 있으라고 말해두었다.

급한 대로 슈퍼에 가서 고기를 골랐지만, 계산대에 사람이 많아 생각보다 늦게 집에 돌아왔다.

집에 도착해보니 친구 한 명이 없었다.

"카즈키는 먼저 돌아갔어."

다른 친구가 말했다.

어쩔 수 없이 남은 친구 두 명과 함께 불고기 파티를 계속했다. 그런데 이번에는 불고기 소스가 다 떨어져서 다시 사러 갈 수밖에 없었다.

친구들에게는 먼저 편하게 먹고 있으라고 말해두었다.

가까운 편의점을 찾아 소스를 샀다. 하지만 그날따라 점원과 말다툼을 하던 다른 손님 때문에 계산이 늦어져서 어쩔 수 없이 늦게 돌아오게 됐다.

집에 돌아와 보니 또 한 명의 친구가 없어졌다.

"가네토도 먼저 가버렸네."

나는 어쩔 수 없이 한 명 남은 친구와 둘이서 불고기 파티를 계속했다.

그런데 친구가 아까 새로 사 온 고기 바구니에 다른 고기를 올려놓고 있었다.

"어? 뭐야? 고기 남아 있었던 거야?"

"아, 이거? 이건 새 고기야."

"응?"

"지금 네가 먹고 있는 건 카즈키 군이야."

"뭐…… 라고……?"

"이건 가네토 군."

친구는 너무나 기쁜 듯이 맛있지? 라고 물었다.

너무나 맛있었다.

# 사진관

나는 얼마 전까지 사진관에서 아르바이트를 했다.

내가 일하는 사진관에는 디지털카메라로 찍은 사진을 인화할 수 있는 포토프린터가 있었다. 가게를 찾는 대부분의 손님은 바로 이 포토프린터를 이용하기 위해 찾아온다.

하루에도 수많은 사람들이 찾아오기 때문에, 어떤 사람이 사용했었던 것인지는 특별히 체크하지 않는다. 점원이 포토프린터를 체크하는 때는 인화가 잘못 되었을 때, 용지를 보급할 때, 그리고 가게 문을 닫을 때 손님이 놓고 간 물건이 없는지 확인할 때뿐이다.

가끔씩 메모리카드나 사진을 두고 가는 사람들이 있기 때문이다. 분실물은 1년 정도 사무실에 보관하다 주인이 오지 않거나 문의가 없을 경우에는 그대로 버리곤 한다.

2주 정도 전, 가게 문을 닫으며 포토프린터 주변을 살펴보는데, 사진이 10장 정도 수북하게 쌓여 있었다.

"어라?" 하고 생각하며 주워보니 손목을 그은 사진이다. 머리가 긴 것으로 보아서 아마 여자의 팔인 것 같다.

칼로 그은 것은 손목뿐만이 아니었다. 팔과 어깨에도 몇 곳이나 커터 칼로 그은 것 같은 상처가 나 있었다. 사진은 자른 상처 자국, 잘린 한가운데, 피투성이가 된 사진투성이였다. 얼굴은 찍혀 있지 않았기 때문에 누구인지는 알 수가 없었다.

장난인가 싶기도 했지만 그 상처 자국은 생생하여 가짜라고 할 수 없었다. 기분이 나빠진 나는 점장에게 사진을 가져가 이야기했지만, 점장은 장난일 가능성도 있는 일에 시끄러워질 수 있으니 며칠 지켜보자며 경찰에 신고하는 것은 미루기로 했다.

결국 사진은 그대로 사무실에 보관하게 됐다. 보관이라고는 해도 봉인해버리듯이 신문지에 싸서 창고에 처박아둔 거지만.

그런데 그날 밤부터 꿈이랄까, 자고 있는 도중에 갑자기 눈앞이 새빨개져 깜짝 놀라 일어나는 일이 계속되기 시작했다.

꿈속에서 무엇인가가 보이는 것은 아니지만 어쨌든 굉장히 무서웠다. 몸 전체가 나른해지며 숨이 차고, 식은땀이 줄줄 흘러내린다. 그런 상태에서 다시 잠에 들 수도 없어, 부들부들 떨면서 아침까지 기다릴 수밖에 없었다.

그런 일이 일주일이나 계속되었다. 도저히 정상적으로는 잠을 잘 수 없겠다는 생각이 든 나머지 나는 수면제라도 먹어야겠다는 생각을 했다.

점장에게 상의를 해서 아르바이트를 잠시 쉬기로 하고, 의사를 찾아가 처방전을 받아 약을 받아왔다. 그러자 조금 마음이 편해졌다.

마침 날씨도 좋았기 때문에 오래간만에 24시간 내내 방에 깔아뒀던 이불을 햇빛에 말리기로 했다. 베개와 이불을 베란다에 가져다 널고, 마지막으로 바닥에 깔린 요를 들어 올렸다.

그런데 요 밑에 지난번 사무실에 가져다 놓았던 손목을 그은 사진이 깔려 있는 것이었다.

사진은 한 장.

커터로 손목을 긋고 있는 도중의 사진이었다. 사진에는 선명하게 핏방울까지 찍혀 있었다.

물론 나는 사진관에서 사진을 가져온 적이 없었다. 게다가 요 밑에 깔아두는 짓 따위는 결코 할 리가 없다.

온몸이 부들부들 떨리기 시작했지만 나는 반사적으로 사진을 찢고 불에 태워버렸다. 그렇게라도 하지 않는다면 이 사진이 나에게 죽음을 가져올 것 같다는 이상한 예감이 들었기 때문이다.

나는 그대로 가게에 달려가 창고에 처박아두었던 사진도 모두 태워버렸다.

점장은 나를 걱정해주는 것 같았지만 사진을 태운 내 행동에 당황해서인지 보관 기간이 지나지 않았는데 주인이 찾으러 올지도 모른다며 걱정스러운 얼굴을 띠었다.

"어차피 태울 것을 진작 태워버릴 것 그랬어"라고 같이 일하던 동료에게 말을 건네고 있을 때, 우리 둘 사이로 기분 나쁜 시커먼 그림자가 휙 스쳐지나갔다.

나는 찜찜한 생각에 그림자를 황급히 따라갔고 2층으로 난 계단을 따라 복도 끝 점장의 사무실로 검은 그림자가 들어가는 것을 똑똑히 보았다. 온몸에 소름이 돋았다.

나는 그 다음 날로 아르바이트를 그만뒀다. 지금은 새로운 일자리를 알아보고 있고, 이사도 할 생각이다.

요즘에는 어떻게 잠은 잘 수 있게 되었지만, 약 덕분인지 사진을 태운 덕인지는 확실히 모르겠다.

그 사진에 관한 일은 생각하지 않으려고 노력하고 있지만, 종종 순간적으로 머릿속에 그 손목의 이미지가 생생하게 떠오르곤 한다.

그렇지만 더 이상 그 사진에 관한 것은 알고 싶지 않다.

장난이었던 것인지, 누가 무슨 이유에서 그런 사진을 찍었던 것인지, 사진 속 사람이 무사한 것인지 따위는 결코 알고 싶지도 않고, 알 수도 없을 것이다.

나는 그저 이 끔찍한 사건을 빨리 잊고 싶을 뿐이다.

# 한겨울의 여행길

한겨울에 북쪽 지방으로 친구와 함께 스키를 타러 갔던 때의 이야기다.

차로 가게 되었는데 지도를 보던 도중 "이쪽이 가까운 거 아니야?"라는 이야기가 나와서 딱히 눈도 오지 않았기 때문에 산을 넘어가는 길로 가기로 했다.

그런데 그 길을 계속 따라가다 보니 갑작스럽게 차선이 1차선으로 바뀌고, 좁은 산길이 계속되었다.

친구가 불안한 듯 말했다.

"이거 길을 완전히 잘못 든 거 같은데?"

"그래도 지도에서 봤을 때는 이쪽이 가까웠어. 고개 넘어가면 바로야, 바로."

나도 잘못 왔다 싶었지만 적어도 눈은 내리지 않는 데다, U턴을 할 수 있는 곳도 없었기 때문에 산길을 계속 나아갔다.

울창하게 우거진 나무들. 민가 하나 눈에 띄지 않는 산길. 칠흑 같은 어둠 속에서 가끔 나무에 쌓인 눈이 떨어지는 소리만이 울려 퍼졌다.

경쾌한 음악이 흐르는 차 안과는 반대로, 우리 두 사람은 말 한마디 없이 깊은 밤의 산길을 그저 묵묵히 나아가고 있었다.

민가 하나 보지 못하고 한 시간 가까이 달려서 드디어 고개에 도착한 그때, 친구가 입을 열었다.

"어머, 저쪽에 누가 있어."

친구의 목소리에 나도 사람의 모습을 알아차렸다.

속도를 늦춰서 가까이 가보니 그 사람은 아무래도 우리를 향해서 손을 흔드는 것처럼 보였다.

나이는 30대쯤 된 것처럼 보이는 남자였다. 우리에게 손을 흔들며 생글생글 웃고 있다.

우리는 그 사람 곁으로 다가가 천천히 차의 속도를 줄였다. 우리 차 옆으로 다가온 그는 우리 차의 창문을 "콩콩" 하고 노크했다.

하지만 밖이 너무나도 추웠기 때문에 나는 목소리가 들릴 정도의 몇 센티 정도만 문을 내렸다.

"이야, 큰일 났습니다. 저쪽에서 차가 멈춰버렸어요. 죄송한데 좀 도와주시지 않겠습니까?"

나는 친구를 돌아보았지만, 친구는 어째서인지 말없이 그 남자를 노려볼 뿐이었다. 그 남자는 작게 열린 창문 틈 사이로 손가락을 집어넣으려 애쓰고 있었다.

"열어주세요, 좀."

문은 잠겨 있었는데, 밖에서 딸가닥거리며 문을 열려고 하는 소리가 들려왔다.

"좀 열어줘요."

여전히 웃고 있는 남자의 얼굴과는 정반대로, 딸가닥거리며 문을 열려고 하는 소리는 더욱 커져만 가고 있었다.

"열어줘, 열어줘, 열어줘."

결국 남자는 문을 열기 위해 필사적으로 달려들기 시작했다.

나는 너무나 놀라 겁에 질린 채 어쩔 줄 모르고 있었다.

"출발하자! 절대 문 열지 마!"

친구가 그렇게 소리쳐서 그제야 정신을 차린 나는 바로 액셀을 밟아 그 남성을 버려둔 채 그 자리를 떠났다.

한참을 더 달려 드디어 민가가 보일 무렵, 침묵하고 있던 친구가 조용히 입을 열었다.

"저기, 알아차렸지, 너도? 그 사람, 이런 한겨울인데도 여름옷을 입고 있었어. 거기다 이런 추운 날씨에 입김조차 나지 않다니, 저런 건 살아 있는 사람이 아냐……."

# 빨간 하이힐

어느 시골에 있는 대학을 다니는 사람이 미팅을 했던 날의 이야기이다.

그날 저녁부터 시작된 미팅은 술을 마시다 정신을 차리고 보니 아주 늦은 시간이 되었다. 슬슬 돌아가지 않으면 안 되겠다고 생각하고 같은 방향에 사는, 마침 오토바이를 타고 온 친구에게 집까지 태워다 달라고 부탁을 했다.

시골인 만큼 가로등도 없어 컴컴하고, 내학에서 집까지는 산 하나를 넘어가야만 하는 먼 거리인 데다 때 아닌 가랑비까지 내렸다고 한다.

앞이 제대로 보이지 않아서 앞의 친구를 꽉 붙잡지 않으면 흔들려 떨어질 것 같다는 위험한 생각이 들었을 때, 기차선로에서 차단기가 내려와 오토바이가 멈췄다.

조금 쉴 수 있겠다고 생각하고 있는데 갑자기 뒤에서 구두 발자국 소리가 또각또각 들려왔다고 한다.

'이런 야심한 시간에 사람이 다 돌아다니다니, 이상하네…'라고 생각하며 친구를 붙잡은 자신의 겨드랑이 사이로 내려다보니 빨간 하이힐을 신은 여성이었다.

빨간 하이힐을 신은 두 발은 가지런히 오토바이 뒤에 놓여서 신호를 기다리고 있었다.

그가 '여자가 이렇게 늦은 밤까지 돌아다니다니, 겁도 없네'라고 생각하고 있는데, 기차가 지나가고 곧 차단기가 올라갔다.

그 순간 앞의 친구가 갑자기 오토바이의 속력을 최대로 끌어올려 미친 듯이 달리기 시작했다.

술이 확 깨면서 "위험하잖아! 뭐하는 거야!"라고 말해도 친구는 뭐에 홀린 것처럼 들은 척도 하지 않고 맹렬하게 달렸다.

그리고 철도에서 꽤 멀어진 후에야 간신히 친구는 오토바이를 멈췄다.

화가 난 그는 "왜 갑자기 그렇게 달리는 거야! 위험하잖아!"라고 친구에게 신경질적으로 한마디를 날렸다.

"너, 선로에서 여자 못 봤냐?"

"아아, 늦은 시간에 서 있던 여자……. 위험해 보이던데."

"이 바보 같은 놈아! 그게 아냐. 나는 사이드미러로 똑똑히 봤어. 그 빨간 하이힐을 신은 여자, 하반신밖에 없었다구……."

그리고는 두 사람은 한동안 말없이 얼음장처럼 굳어 있었다고 한다.

# 회송 전차

이것은 내가 대학생이었을 때 실제 겪었던 일이다. 나도 이제 어느덧 마흔이 넘어가고 있으니, 벌써 20년은 더 된 먼 옛날인 셈이다.

어느 겨울날, 나는 친구네 아파트에서 평소처럼 마작을 치고 있었다. 당시 나는 의미 없이 대학 생활을 하며 대개는 해가 뜰 때까지 친구들과 모여서 마작을 하곤 했다.

보통은 밤이 새도록 마작을 하면서 술판을 벌이곤 했지만, 그날은 의외로 판이 일찍 끝났다. 하지만 일찍이라고 해도 이미 시간은 새벽 두 시를 훌쩍 넘어 있었다.

내가 다니던 대학은 교토의 후시미에 있었고, 친구들과 어울리던 맨션은 교토—오사카 전철의 연선에 있었다.

깊은 밤 맨션을 떠난 나는 집으로 돌아가기 위해 스쿠터를 타고 철로 옆을 신 나게 달리고 있었다. 시간이 시간인지라 조금 졸렸지만, 찬바람이 불어와 잠도 깨고 기분도 좋았다. 아무래도 새벽이어서인지 주위에는 다른 사람이라고는 전혀 보이지 않았다.

나는 철로를 가로질러 가기 위해 건널목에 접근했다. 그리고 건널목을 건너려고 하는 바로 그 순간, 갑자기 경보기가 요란스레 울리며 차단기가 눈앞으로 내려왔다.

급히 스쿠터를 멈추고 시계를 보니 시간은 3시 즈음이었다.

"뭐지? 이런 시간에? 막차라면 훨씬 전에 끊겼을 텐데……."

이 시간에도 전철이 주행하는 건지 의문이 들었지만, 할 수 없이 나는 추위를 참으며 열차가 지나가기만을 기다렸다.

드디어 멀리서 열차의 모습이 보이기 시작했다. 차량 앞에는 '회송'이라는 두 글자가 적혀 있었다.

"이런 새벽에도 회송 전철이 다니는구나……."

나는 혼잣말로 중얼거리며 내 앞을 지나가는 전철의 창문을 멍하니 바라보고 있었다.

주변이 주택가인 데다가 새벽이었기 때문에 전철은 속도를 낮춰 최대한 조용히 지나가려는 듯했다.

중간 정도 지나갔을까, 나는 전철에서 기묘한 위화감을 느꼈다. 방금 나는 무엇을 본 것 같았는데, 그것이 정확히 무엇이었는지는 깨닫는 못했지만 이상하다는 느낌이 나를 휘감았다.

그런데 지금 와서는 그것이 너무나도 선명한 이미지로 떠올라, 내 머릿속을 계속 맴돌고 있다.

내가 보았던 것, 그것은 여자였다. 새벽 세 시의 회송 전철에 여자가 딱 한 명 타고 있었던 것이다. 다갈색의 울코트를 입은 머리가 긴 사람이었다.

주위에 역이 있는 것도 아니고, 그녀 이외에 다른 사람이 타고 있었던 것도 아니었다. 오직 그 여자만이 출입문 근처도 아닌, 열차 한가운데에 서 있었다.

보통 열차 안에서 서 있는 사람은 손잡이를 잡고 창문 쪽을 향해 서 있기 마련이다. 그런데 기묘하게도 그 여자는 뒤로 돌아서 손잡이도 잡지 않은 채 그저 서 있을 뿐이었다.

전철이 지나가고 차단기가 올라간 다음에야 나는 내가 본 것이 매우 이상하다는 것을 알아차렸다. 그리고 그 순간 온몸에 확 소름이 돋았다.

그로부터 이미 상당한 세월이 흘러 지나갔다. 이제는 그때 함께 마작을 치던 친구들의 행방마저도 알 수 없을 정도다. 그렇지만 그날 밤 내가 보았던 여자의 뒷모습만큼은 아직도 나의 뇌리에 똑똑히 박혀 있다.

그리고 절실히 느끼고 있다.

그녀가 내 쪽을 보고 있지 않아서 다행이었다고.

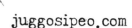

지금으로부터 10년 전의 이야기다.

친한 친구인 A의 여자 친구가 유학을 가게 되어 둘은 헤어지게 되었다. 그래서 어느 여름 밤, A를 위로하기 위해 친구들과 내 자취방에서 술을 마시게 되었다.

모두 여섯 명이 모여서 오후 아홉 시쯤부터 술을 들이키기 시작했다. 열두 시가 조금 지났을 때, 친구 B가 "TV나 좀 보자"라고 말을 꺼내 다같이 TV를 보기 시작했다.

TV에서는 일상적인 뉴스나 예능 프로그램이 나오고 있었다. 우리는 아무 생각 없이 지켜보며 이야기를 나누었다. 그런데 갑자기 화면에 노이즈가 끼기 시작했다.

"야, 텔레비전 고장 났냐?"

"그럴 리가. 그냥 전파 불량이겠지."

우리는 농담을 주고받으며 와자지껄 웃고 있는데, 그 순간 화면이 완전히 지지직거리며 바뀌어버렸다.

"전파 불량치고는 좀 심한데."

누가 투덜대자마자 TV 화면에는 'juggosipeo.com'이라는 글자가 나타났다.

"뭐야, 저건?"

잠시 뒤 글자는 곧 사라지고 원래 보던 프로그램이 다시 나오기 시작했다.

"금방 그거 뭐지?"

"죽고 싶어 닷컴…… 그렇게 쓰여 있었지?"

"응. 진짜 기분 나쁘다……."

순간 기분이 다들 찜찜해졌다.

"우선 TV부터 끄자. 엄청 오싹하네."

아무래도 그게 좋겠다며 TV를 끄고 나자, 갑자기 A가 "야, 네 컴퓨터로 한번 들어가 볼래? 아까 거기……"라고 말을 꺼냈다. 호기심이 생긴 우리는 모두 컴퓨터에 달라붙어 검색을 시작했다.

"들어가 보기는 하는데…… 기분 나쁘네. 술 취해서 잘 못 본 거 아닐까?"

"그럴 리가. 다들 봤잖아? 무슨 프로그램 광고일지도 모르니까 찾아보자. 재미있을 거 같은데."

우리는 여러 가지 검색 엔진에 'juggosipeo.com'을 검색했지만 결과가 나오지 않았다.

아무래도 잘못 본 것 같다는 쪽으로 의견이 모아지고 있었는데, 문득 '주소창에 직접 juggosipeo.com이라고 쳐볼까?'라는 생각이 들어 주소를 쳤다.

그러자 '함께 죽어줄게'라는 제목의 홈페이지가 나타났다. 피투성이가 된 여자의 사진이 모니터 가득한 크기로 띄워져 있었다.

"야, 이거 진짜 위험한 거 아니냐?"

"빨리 꺼버려!"

너무 무서운 사진에 놀란 우리는 바로 창을 닫고 컴퓨터를 껐다.

"뭐랄까……. 진짜로 위험한 것 같은 기분이 드는데……."

"저런 걸 광고로 써먹을 리가 없잖아……."

"그럼 아까 그건 도대체 뭐였지?"

우리가 두려움을 없애려고 일부러 정신없이 떠드는 사이, 갑자기 TV의 전원이 켜지더니 엄청난 소리로 "함께 죽어줄게!"라는 소리가 울려 퍼졌다.

TV에 나타난 것은 아까 홈페이지에서 봤던 피투성이의 여자였다. 그 여자와 눈이 마주친 순간, 나는 그만 의식을 잃고 기절했다.

정신을 차렸을 때는 새벽이었다. 친구들은 옆에서 계속 술을 마시고 있었다.

"아까 그 여자, 뭐였지……"

"뭐?"

"아까 그 여자라니, 그게 뭐야?"

"아직 잠에서 덜 깼냐?"

나는 어리둥절해서 아까 함께 봤던 것들을 말했다.

"꿈이라도 꾼 거야? 우리 계속 술 마시고 있었는데."

"넌 아까 필름 끊겨서 잠들었잖아."

모두 거짓말을 하는 것 같지는 않았기에 나는 내가 정말 꿈을 꾸었나 싶었다.

컴퓨터를 살펴보니 'juggosipeo.com'에 들어간 기록도 없었다.


그날 술자리가 파하고 모두 돌아간 후 방 안을 치우고 있을 때였다. 내가 필름이 끊겨 잠이 들었던 사이 집으로 먼저 돌아갔던 A에게 전화가 왔다.

"이상하다고 생각할 수도 있겠지만, 너 어젯밤에······."

"응?"

"아니, 아무것도 아니야. 미안."

A는 그렇게 말하고 전화를 끊었다.

어쩐지 마음에 걸려서 다시 전화를 걸었지만, 배터리가 다 되었다는 음성 안내뿐이었다. 그 이후 A의 모습을 다시 볼 수 없었다. 친구들 사이에서는 이별의 아픔을 치유하기 위해 여행을 떠났다는 소문이 돌았지만, 나는 믿을 수 없었다.

그 이후에도 나는 몇 번이고 'juggosipeo.com'에 들어가 보려고 했지만, 다시 그 홈페이지를 볼 수는 없었다. 밤에 TV를 보아도 그런 화면은 나타나지 않았다. 그때 함께 있었던 친구들은 모두 "너 혼자 본 망상이다"라고 말할 뿐 상대해주지도 않았다.

그렇게 A가 사라지고 1년 정도 되었을 때, 나는 우연히 A의 옛 여자 친구와 만나게 되었다. 그녀의 말에 따르면 A와 헤어진 지 며칠이 지났을 무렵, A에게 전화가 왔다고 한다.

"캐나다의 기숙사로 전화를 해서, '나랑 같이 죽어주지 않을래?'라고 말하더라구."

"뭐라고?"

"뭐랄까…… 술에 취한 것 같았어. 일단 무슨 소리냐고 넘겨버렸지만 걱정 돼. 그러니까 네가 A를 좀 찾아봐 줬으면 좋겠어."

하지만 아직도 A의 행방은 알 수가 없다.

나는 A가 그녀에게 한 말과 A가 사라진 것이 계속 마음에 걸린다.

A는 어디로 사라진 것일까…….

# 베란다

퇴근 후 집으로 돌아갈 때, 나는 살고 있는 아파트가 보이는 다리 위에서 내 방의 베란다를 올려다보곤 했다. 별다른 이유는 없는, 거의 무의식적으로 하는 일상적인 습관이었다.

그날도 나는 내 방의 베란다를 올려다보았다.

"응?"

베란다에 누군가 있다……. 분명히 사람이 서 있었다. 고개를 푹 숙이고 긴 머리를 늘어트린 채 빨간 드레스를 입은 여자가 서 있었다.

나는 무서워서 도저히 집으로 들어갈 수 없었다. 그래서 가까이에 살고 있는 동료 K씨에게 전화를 하고 근처의 카페에서 만나기로 했다. 그를 보고 일의 자초지종을 이야기했지만 K씨는 내 말을 믿으려 하지 않았고, 단순한 착각이라며 함께 집까지 가주겠다고 했다.

집에 들어가 보니 아무것도 변하지 않은 낯익은 방이 나를 맞아주었다.

베란다에도 역시 아무도 없었다.

"거봐, 역시 잘못 본 거야."

그리고 K씨는 돌아갔다. 하지만 나는 여전히 불안하면서, 마음은 진정되지 않았다.

두려움과 공포를 떨쳐버리기 위해 나 스스로에게 '분명 헛것을 본 거야'라고 자기 최면을 걸고, 저녁도 먹지 않은 채 그대로 일찍 잠자리에 들었다.

"딩동."

갑자기 들린 초인종 소리에 잠이 깼다.

시계를 보니 새벽 한 시.

나는 잠에 취한 채 멍하니 도대체 누구냐고 투덜대면서 인터폰을 들었다.

동료 K씨였다. K씨는 대단히 무서운 얼굴을 하고 문을 두드려 대고 있었다.

"빨리 나와! 안에 누군가 있어! 이 집 베란다에 사람이 있다고!"

순간 머리에 냉수가 끼얹어진 듯 정신이 확 들었다. 나는 짐도 챙기지 않고 그 길로 부리나케 집을 나왔다.

문밖에 있던 K씨는 나를 보자마자 엉엉 울기 시작했다. 그런 K씨의 모습을 보니 나도 무서워져서 같이 소리 내어 울어버렸다.

"아무래도 마음에 걸려서……. 여러 번 전화했었어."

휴대전화를 보니 부재중 전화가 세 통이나 와 있었다.

"좋지 않은 느낌이 들어서……. 저녁때 일이 마음에 걸려 다시 다리 위까지 와봤거든……."

K씨의 목소리가 떨리고 있었다.

"처음에는 빨래가 널려 있는 거라고 생각했는데……. 그게 모두 사람이었어. 도대체 어떻게 그 많은 사람이 베란다에 한꺼번에 있을 수 있는지. 거기다 빨래라고 생각될 정도로 그 사람들 모두, 조금도 움직이지 않고 방 쪽을 노려보고만 있었어……."

K씨의 이야기를 듣자마자 온몸에 소름이 돋고 또다시 눈물이 흘렀다.

차마 집에 돌아갈 엄두가 나지 않았다. 우리는 그대로 경찰서에 가서 사정을 이야기했다.

역시 우리의 이야기를 믿어주지는 않았지만, 경찰관 한 명이 함께 집으로 오게 되었다. 당연하다는 듯이 베란다에는 아무도 없었다.

그날은 K씨에게 돈을 빌려 택시로 근처에 있는 부모님의 집으로 가서 잤다.

다음 날 부모님과 함께 돌아와 그 방에서 나가기로 하고 부동산에 집을 내놓으러 갔다. 일단 부동산에 있는 사람에게 추궁해봤지만 여태까지 그런 일은 전혀 없었다며 고개를 갸우뚱거릴 뿐이었다.

본가로 돌아온 다음 날 집에서 편히 쉬고 있는데 직장 상사에게 전화가 왔다.

K씨가 입원했다는 것이었다.

어제 일도 있고 해서 불안해진 나는 바삐 병원으로 달려갔다.

K씨는 얼굴과 손에 붕대를 감은 채 쥐 죽은 듯 자고 있었다. 곁에서 간병하는 사람에게 회사 동료임을 밝혔더니 자신은 K씨의 오빠라고 했다.

"혹시 회사에서 K에게 안 좋은 일이라도 있었나요?"

"글쎄요, 회사에서는 별 일은 없었던 것 같은데요…….
무슨 일인 거죠?"

그러자 K씨 오빠의 질문이 이어졌다.

"그럼 남자 친구라도 있었나요?"

"K씨에게 무슨 일이 일어난 건가요?"

나는 어제 일은 이야기하지 않고 K씨의 오빠에게 사정을 물어보았다.

"아무래도 방에서 자해를 한 것 같아요."

"네?"

집안에서 무엇인가 깨지는 소리가 들려 관리인이 찾아가 보니 K씨가 엄청난 소리를 지르고 있었다는 것이었다.

문이 잠겨 있어 관리인은 경찰에 전화를 한 뒤 비상키를 사용해 들어갔다고 한다.

"병원에 옮겨지고 나서 경찰에게 들은 거지만, 베란다 유리가 산산조각 나 있었다고 합니다. 경찰도 침입자의 흔적을 찾아보려고 했지만, 그런 흔적도 없었다고 합니다. 게다가 안에서부터 깨진 창문의 모습이 K가 직접 깨버린 것 같다고 해서……."

나는 눈앞이 어두워지는 것을 느꼈다.

분명 그거야…….

그 뒤 K는 정신이 이상해져 지방 정신병원에 입원했다.

면회를 하고 싶다고 K씨의 가족에게 몇 번 부탁해봤지

만, "나중에"라는 대답밖에는 돌아오지 않았다. 그리고 몇 개월이 지나, 갑자기 K씨에게 편지가 왔다.

편지에는 즐겁게 지내고 있다든지, 병실 동료인 누구를 싫어한다든지, 어떤 남자가 멋있다든지 하는 내용이 두서 없이 적혀 있었다. 그리고 '건강해!'라는 말과 함께 흰 병실의 침대에 K씨가 앉아 있는 사진이 동봉되어 있었다.

그의 등 뒤에 보이는 창문은 모두 검은 종이로 가려져 있었다……

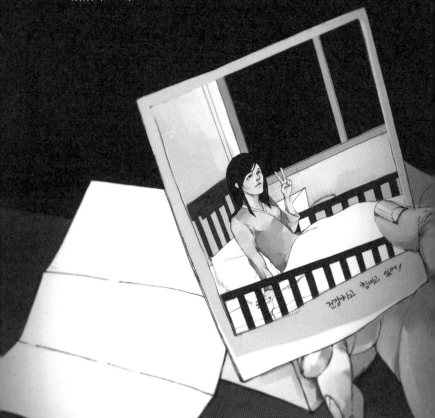

# 속삭이는 목

중학교 무렵, 나는 체육 동아리 활동을 했었다.

그날은 다른 현에서 경기가 있어서 부원들과 작은 버스를 타고 원정을 갔었다. 시합은 별 문제 없이 끝났고, 정리와 뒤풀이를 하고 돌아오는 길이었다.

버스는 고속도로에서 내려와 지방 국도를 타고 달리기 시작했다. 내가 살던 곳은 산으로 둘러싸여 어디를 가려고 해도 산을 넘어가야 하는 곳이었다.

그렇기 때문에 지방 국도라고는 해도 좌우에 가드레일을 쳐서 야생동물의 접근을 막고 가로등 하나 없는 길이었다.

이른 아침에 출발했던 데다 시합으로 피곤했고, 또 저

녁까지 먹은 탓에 대부분의 부원들은 잠에 빠져 있었다. 나 역시 굉장히 피곤했지만, 시합 때 워낙 흥분했던 탓인지 영 잠이 오지 않았다.

창밖은 깜깜했고, 반사판이 붙어 있는 가드레일만 보일 뿐이었다. 옆에 앉은 친구도 자고 있었기에 나는 그저 멍하니 어두운 창밖을 바라보고 있었다.

어느 정도 달렸을까? 문득 이상한 기분이 들었다.

그다지 급하지 않은 커브길을 돌아가는 중이었는데, 마침 가로등이 서 있었다.

"뭐지, 이 느낌은……."

그렇게 생각한 순간, 긴 머리카락의 무표정한 목이 버스와 같은 속도로 가드레일 위를 지나갔다. 그 순간 온몸에 소름이 오르면서 시선을 돌리고 싶었지만 몸이 굳어 말을 듣지 않았다. 어두웠지만 그 얼굴 표정이나 머리카락의 움직임은 확실하게 보였다.

"힉……."

누군가 작게 소리를 내자, 그 목은 사라졌다. 사라지는 순간, 우리 쪽을 돌아보며 확실히 씩 웃었다. 동시에 속삭이는 소리가 귓전에 울려 퍼졌다.

목이 사라진 뒤에도 나는 여전히 공포에 떨고 있었다.

하지만 버스 안은 이전과 달라진 것이 없었다.

"도대체 뭐였지……"라고 혼란스러워하고 있는데, 뒤에서 누군가 내 머리를 톡톡 쳤다. 올려다보니 1년 위의 선배였다. 선배의 얼굴은 창백했다. 아마 나도 마찬가지였을 것이다.

"지금 거 봤니……?"

"네…….."

"……못 본 걸로 하자."

나는 고개를 끄덕였다.

그 이후로 누구에게도 목에 관한 이야기는 하지 않았다. 한동안은 불안했지만, 천천히 그 기억도 지워져 5년이 지나 열아홉 살이 되었을 즈음에는 아예 잊고 있었다.

한 통의 전화가 오기 전까지는.

그것은 그때 나와 함께 목을 봤던 선배가 교통사고로 죽었다는 통보였다. 가까운 사람이 죽은 것은 처음이었기에 나는 큰 충격을 받았다. 하지만 장례식장에 가서, 나는 더욱 놀랄 수밖에 없었다.

선배가 교통사고로 죽은 것은, 그날 목을 봤던 바로 그 장소였던 것이다. 선배는 그날 남자 친구와 싸우고 파티에 갔었다고 한다.

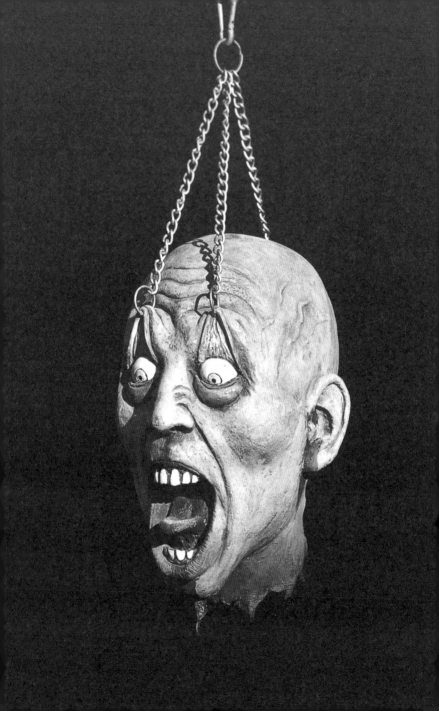

하지만 파티 도중 남자 친구가 전화를 해서 화해를 하고, 다른 친구가 운전을 해서 데려다주던 도중 사고를 당했다는 것이다.

두 명 모두 즉사였다.

그날은 선배가 스무 살이 되는 생일이었다. 선배는 남자 친구로부터 축하를 받고 싶어 그 길로 달려갔다는 것이었다. 주변에서는 "그래도 마지막에 남자 친구랑 화해하고 행복한 기분으로 세상을 떠나 다행이다"라고 말했다.

하지만 그 이야기를 듣는 순간 나는 온몸이 덜덜 떨리기 시작했다. 당시엔 너무 놀라 금방 잊어버렸지만, 그날 분명 그 목이 이렇게 속삭였던 것이 기억났기 때문이다.

"스무 살이 돼서 네가 행복할 때에 마중 나갈게."

그후로 10년이 지난 지금까지 나는 살아 있다. 스무 살 때 나는 학교를 휴학하고 스물한 살의 생일이 될 때까지 집 안에 틀어박혀 있었다.

지금은 결혼도 하고 사랑스러운 아이도 낳아 행복하게 살고 있다.

과연 선배는 스무 살의 그 생일날 마중 나온 목을 보았던 것일까?

# 유리구슬

어릴 적 여름방학 때 한 달가량 시골 할머니 집에 가 있었던 적이 있었다.

당시의 나는 언제나 제멋대로 행동했기 때문에 시골 아이들과 쉽게 친해지지 못했다. 결국 나는 혼자서 쓸쓸히 놀아야만 했다.

그런데 그런 나에게도 친구가 생겼다. 나처럼 그 아이도 친구가 없었는지, 언제나 혼자였다. 그 아이는 언제나 히죽히죽 웃고 있었다.

그리고 내가 시답지 않은 자랑을 하며 잘난 척해도 "우와, 넌 정말 대단해!"라든가 "우와, 근사하다!"라고 감탄하곤 했다.

나는 마치 부하가 생긴 것 같은 기분에 무척 우쭐했던 기억이 난다.

내 말에는 뭐든지 감탄하던 그 아이는, 내가 도쿄에서 가져온 장난감을 보고 무척 놀라워했다.

"오늘은 특별히 빌려줄 테니까 아무 거나 가지고 놀아도 돼."

그 아이가 선택한 것은 뜻밖에도 유리구슬이었다.

"야, RC카나 합체 로봇도 있어. 그런 걸로 놀자."

"응…….. 그렇지만 이거, 무척 예쁜걸……."

그렇게 말하면서 그 아이는 유리구슬에서 눈을 떼지 못했다.

부모님이 유리구슬조차 사주지 않는 걸까? 나는 문득 그 아이가 불쌍해졌다.

"……그렇게 마음에 들면 그거 너 줄까?"

"정말? 괜찮은 거야? 고마워! 소중히 간직할게! 넌 정말 좋은 친구야!"

유리구슬 하나 가지고 호들갑이라는 생각도 들었지만, 어쩐지 착한 일을 한 것 같은 기분에 나는 조금 기뻤다.

그런데 며칠 뒤, 그 아이는 내게 이상한 소리를 하기 시작했다.

"어휴, 유리구슬 만드는 건 정말 어렵구나."

"무슨 소리야?"

"봐, 전에 네가 줬던 거야. 이거 네가 만든 거지?"

터무니없는 소리였지만, 잔뜩 잘난 척을 해놓고 이제 와서 진실을 말할 수는 없었다.

"그럼, 내가 만들었지. 뭐, 조금 요령이 필요할 거야."

"내가 만들려고 하면 처음에는 깨끗한데, 나중에는 작아져버려. 저기, 나한테도 그 요령을 가르쳐줘."

나는 당황해서 말을 막 지어냈다.

"그, 그러니까…… 전부 가르쳐주면 발전이 없겠지? 힌트만 주자면…… 어…… 그러니까, 그래, 수분이야. 수분을 충분히 공급해야 돼. 뭐, 대충 이 정도?"

땀을 흘리면서 아무거나 갖다 붙이자, 그 아이는 팔짱을 끼고 무언가를 골똘히 생각하기 시작했다.

"으…… 나는 너처럼 머리가 좋지 않아서 잘 모르겠어. 하지만 나도 열심히 생각해볼게. 고마워!"

그리고 얼마 뒤, 나는 도쿄로 돌아가게 되었다. 그 이야기를 했더니 그 아이는 흐느껴 울기 시작했다.

"겨우 좋은 친구가 생겼나 했는데…… 네가 가버리면 난 너무 심심할 거야."

"뭐, 울지 마. 내년에 또 올 테니까."

"응……. 외롭겠지만 참을게! 아, 그렇지. 조금만 있으면 그거 만들어질 것 같아. 내일 네가 떠나기 전에 만들어서 선물로 줄게."

"뭐를?"

"뭐야, 잊어버린 거야? 유리구슬! 힌트가 어려워서 고생했다고. 강에서 씻으면 떠내려가 버려서……. 그래도 좋은 방법을 생각해냈어!"

"아, 그, 그러냐……. 기대하고 있을게."

다음 날, 나를 데리러 온 엄마와 길을 걷고 있는데, 그 아이가 달려왔다.

"헉헉…… 다행이다. 겨우 안 늦었네……. 이거, 약속했던 선물이야……. 가장 예쁜 걸로 가져왔어. 이렇게 하면 작아지지 않고 예쁜 모습 그대로야. 내년에 꼭 와야 해! 나 기다릴 테니까!"

그렇게 말하고 그 녀석은 입에서 무언가를 뱉어서 내 오른손에 살며시 넘겨준 뒤 달려갔다.

"여기서 사귄 친구니? 무엇을 받았어?"

놀라서 경직된 내 오른손 위에 있는 것을 보고, 엄마는 비명을 질렀다.

그다음 해, 나는 시골에 가지 않았다. 아니, 그 이후로 단 한 번도 가지 않았다. 그렇기 때문에 나는 그 아이가 어떻게 되었는지 전혀 알지 못한다.

하지만 내 책상 서랍에는 어른이 된 지금도 그때 받은 선물이 들어 있다.

말라붙어 쪼그라든 녹색의 고양이 눈알이.

# 살인자의 사이트

1990년 10월, 내가 미국 대학에서 경험한 이야기다.

미국 대학에서는 과제로 리포트를 써야 했다. 물론 컴퓨터를 사용해서 작성했다.

내가 다니던 대학에는 50대 정도의 컴퓨터가 갖춰진 연구소가 여러 동 있었다. 학생들은 여기서 컴퓨터를 쓸 수 있었기 때문에 밤새도록 리포트를 작성하곤 했다.

그날도 나는 리포트 작성 때문에 바빴다.

저녁 식사를 끝마치고, 기숙사에서 짐을 챙겨 컴퓨터가 있는 연구소로 들어가 자리를 잡았다. 당시는 매일매일이 똑같은 일상이었전지라 조금은 지긋지긋하다고까지 생각하고 있었다.

연구소의 컴퓨터는 인터넷에 연결되어 있었지만, 아직 변변한 웹브라우저 하나 만들어지지 않았던 시절이다.

홈페이지라고 해봐야 연구자들이 연구 성과 발표를 위해 일회성으로 만든 것이 대부분이었고, 사진 한 장 없이 글만 빽빽하게 차 있어서 그다지 재미있는 것도 없었다.

검색엔진 같은 것은 아직 나오지도 않았고, 홈페이지 주소는 제작자 본인에게 직접 듣고 들어가는 식이었다.

그날도 나는 밤늦게까지 리포트를 쓰고 있었다.

그러다 문득 책상 한편으로 시선을 돌렸는데, 연필로 누군가가 홈페이지 주소를 적어놓은 것이 보였다. 아마 어떤 학생이 메모할 곳이 없어 적어둔 것인가 싶었다.

기분 전환이라도 할 생각으로 나는 그 주소를 컴퓨터에 입력했다. 꽤 오래 기다린 후, 화면에 메인 페이지가 나타났다. 그 순간 나는 내 눈을 믿을 수 없었다.

거기에는 어둑어둑한 바닥에 피투성이가 되어 쓰러진 남성의 사진이 올라와 있었다. 혹시 마네킹인가 싶기도 했지만, 여기저기 난 칼자국과 바닥에 흐르고 있는 핏물은 결코 가짜가 아니라고 말하고 있었다.

요즘에는 이런 잔인한 사진은 얼마든지 인터넷에서 찾아낼 수 있겠지만, 당시에는 충격 그 자체였다.

온몸에 전율이 일고 구역질이 났다.

자세히 보니 밑에는 이런 문장이 한 줄 쓰여 있었다.

"A guy in Michigan, aged around 30, Killed by me today."

틀림없이 살인자가 자신의 범죄를 자랑하려고 만든 사이트였다.

나는 보아서는 안 될 것을 보았다는 생각에 바로 연구소를 뛰쳐나와 기숙사로 돌아갔다. 그 누구에게도 말할 수 없었다.

다음 날 아침, 나는 다시 연구소에 갔다. 그리고 어제 그 사이트가 잘못된 것이 아니었는지 확인하기 위해 다시 접속했다.

화면에 나타난 것은 역시 같은 어둑어둑한 방의 사진이었다. 그러나 이번에 바닥에 쓰러져 있는 사람은 나체로 천장을 보고 있는 여성이었다.

여성의 왼쪽 가슴에는 큰 칼이 꽂혀 있었고, 입과 코, 귀에서는 피가 흐르고 있었다.

사진 밑에는 또다시 글 한 줄이 쓰여 있었다.

"A bitch in Michigan, aged around 30, Killed by me today."

즉시 나는 대학 근처의 경찰서에 가서 사실을 말했다.

그러나 아직 인터넷이 보편화되지 않았던 시절이었기 때문에 "살인자가 인터넷에 희생자의 사진을 올려놓고 있다"라고 말해도 경찰들은 잘 이해하지 못했다.

거기에 부끄러운 이야기지만, 나의 모자란 회화 능력까지 더해져 결국 그냥 돌아올 수밖에 없었다.

공포와 호기심이 뒤섞인 감정에 사로잡혀 나는 다시 연구소에 돌아와 그 사이트에 접속했다. 그런데 바로 몇 시간 전까지 있었던 사진이 사라지고 없었다.

그 대신 내 주소와 전화번호가 쓰여 있었다.

그 아래에 글이 한 줄.

"You are the next star on my Web."

나는 소지품의 대부분을 친구에게 맡기고 이틀 뒤에 귀국했다.

미시간 대학에서 겪었던 나의 실화다.

# 동물원

초등학교 2학년 때, 모리미즈 씨는 언니와 함께 근처의 동물원에 놀러 갔다.

그 동물원은 우에노 동물원같이 큰 것은 아니고, 그저 개인이 운영하는 동네의 작은 동물원이었다. 정문도 꽤 낡아 색이 바래고, 있는 동물이라고는 토끼와 닭, 개 같은 어디서나 볼 수 있는 흔한 것들뿐이었다. 마치 초등학교 사육장이 커진 정도의 규모였다고 한다.

두 사람은 한 시간 정도 동물원 안을 돌아다녔지만, 동물원에서 가장 큰 동물이라고 해봐야 말 정도였다.

"언니, 여기 별로 재미없어."

"응, 그렇네……. 이제 돌아갈까?"

손을 맞잡고 돌아가려고 하는데, 문득 언니가 토끼 우리 뒤편을 들여다봤다.

"저기 봐, 저쪽에도 우리가 있는 거 같아."

언니가 가리킨 쪽을 바라보니, 확실히 길이 계속 이어져 있었다. 다만 산길을 조금 넓힌 정도의, 포장도 되지 않은 좁은 길이었다.

모리미즈 씨는 낮인데도 어둑어둑한 그 길이 조금 무서웠지만, 언니가 잔뜩 기대에 찬 표정으로 손을 잡아 당겨서 차마 돌아가자고 말할 수도 없었다고 한다.

자매가 함께 손을 잡고 다가가자 저 멀리서 바스락거리는 소리가 들려왔다. 마치 마른 잎 위에서 날뛰고 있는 것 같은 시끄러운 소리였다.

여기까지 오자 언니도 무서워진 것인지 모리미즈 씨의 손을 쥐는 힘이 강해졌다. 그렇지만 두 사람 모두 여기까지 온 이상 끝까지 봐야겠다는 생각에, 돌아갈 생각은 전혀 하지 않았다.

3분 정도 걸어 올라가니 희미한 빛이 보였다. 그곳에는 또 하나의 우리가 있었다. 그리고 우리 안에는 알몸의 여자가 웅크리고 있었다.

그 옆으로 또 하나, 우리는 모두 다섯 개였다.

다른 우리에는 초등학생 정도의 사내아이, 아주머니, 남자, 할머니가 들어 있었다. 모두 알몸인 데다 입에는 재갈이 물려 있었다.

"꺅!"

모리미즈 씨가 겁에 질려 비명을 지르자, 우리 속의 다섯 명이 일제히 두 사람을 쳐다봤다.

다섯 명의 눈은 말 그대로 시커먼 어둠이었다. 그들은 모두 두 눈이 도려내져 있었던 것이다.

"케케케케케케케……. 하하하하하하하……. 히히히히히히히……."

다섯 명이 일제히 웃기 시작한 동시에 모리미즈 씨와 언니는 미친 듯이 달려 도망쳤다.

다행히도 도망치는 동안 누구도 마주치지 않았다.

두 사람은 겪은 일을 모두 부모님께 이야기했고, 경찰이 출동했다. 하지만 우리에 갇혀 있던 다섯 명은 찾지 못했다. 외려 다른 동물과 관리인까지 누구 하나 찾을 수 없었다고 한다.

마치 처음부터 동물원 같은 것은 없었던 것처럼, 모든 것이 잠깐 사이에 사라져버린 것이었다.

하지만 모리미즈 씨와 언니는 그때의 일을 너무나 생생

하게 기억하고 있었다.

　이제 와서 생각해보면 아마 그것은 '이상한 취미'를 가
진 이를 위한 '동물원'이었을 것이다.

　모리미즈 씨는 지금도 그렇게 생각하고 있다.

# 낯선 선배

2년 전의 일이다.

갓 대학에 입학한 나는 동아리에도 가입하고 MT도 다니면서, 대학 생활을 마음껏 만끽하고 있었다. 그리고 여름방학이 되자, 나는 대학 동아리 친구들과 함께 바비큐 파티를 하기로 했다.

오랜만에 동아리 회원들이 전부 모이니 약 30명 정도가 되었다. 다들 고기를 먹고 술을 마시며 왁자지껄 신 나게 떠들고 있는데, 갑작스럽게 한 남자가 내 곁에 다가와 말을 걸었다.

누군지도 잘 모르는 사람이었지만, 1학년이었던 만큼 내가 알지 못하는 선배라 생각했다.

나는 인사를 하고, 그 사람의 이야기에 가볍게 맞장구를 쳐주었다.

그런데 갑자기 그 남자가 이상한 말을 하기 시작했다.

"저 오른쪽 끝에 있는 짧은 머리의 여자 보이지? 곧 죽어⋯⋯."

갑작스러운 데다 이해도 하기 힘든 기분 나쁜 말이었다. 그 짧은 머리의 여자는 Y라는 1년 선배였다. 평소에도 워낙 활기찬 데다 몸도 건강한 사람이었다.

그때는 이 사람이 무슨 소리를 하는 거야 싶어서 더 이상 대꾸하지 않고 관심을 꺼버렸다. 그렇게 바비큐 파티를 즐기는 사이, 어느새 그 남자의 모습도 홀연히 사라져서 찾을 수 없었다. 나는 대수롭지 않게 생각하고, 그 남자가 했던 말도 곧 잊어버렸다.

하지만 그로부터 4일 후, Y선배가 죽었다는 이야기를 들었다. 교통사고를 당해 사고 현장에서 즉사했다는 것이었다.

순간 덜컥 무서워진 나는 함께 바비큐 파티에 참가했던 친구에게 그 이야기를 했다. 그런데 친구는 "그런 사람도 있었어? 나는 전혀 못 봤는데"라고 말할 뿐이었다.

아무래도 이상한 생각이 든 나는 동아리 회장을 찾아가

그날 바비큐 파티에 참가했던 명단을 보여달라고 했다. 그렇지만 그 남자의 이름은 찾을 수 없었다.

그 사건 후로 2년이 지났다.

그날 나에게 말을 걸었던 남자는 누구였을까? 왜 나에게만 말을 걸었던 걸까? 지금도 그것은 알 수 없는 미스터리다.

더 놀라운 것은 내가 최근에 그 남자를 다시 보았다는 것이다.

3일 전이었는데, 역에서 전철을 기다리고 있을 때 문득 고개를 드니 맞은편 플랫폼에 그 남자가 있었다. 잠깐이었지만 나는 똑똑히 알아볼 수 있었다. 그날 나에게 말을 건 그 모습 그대로였다. 그 남자는 내 쪽을 바라보면서 옆에 앉은 사내아이에게 무엇인가를 알려주고 있는 것 같았다.

순간 나는 머리가 멍해짐을 느꼈다.

미친 듯이 플랫폼을 달려 올라가, 반대쪽 플랫폼을 향해 뛰었다.

그렇지만 내가 도착했을 때는 그 남자의 모습은 어디에도 보이지 않았다. 나를 보며 이상하다는 듯한 표정을 짓고 있는 사내아이뿐이었다.

나는 망연자실하여 그 자리에 주저앉고 말았다. 그리고

고개를 돌려 반대편 플랫폼을 쳐다보았을 때.

아까 내가 서 있던 그 자리에 그 남자가 나를 보며 기묘한 웃음을 흘리며 있었다.

이제 나는 어떻게 되는 걸까…….

# 검은 허수아비

연말부터 새해에 걸쳐 나는 친가가 있는 군마 현에 돌아와 우체국에서 아르바이트를 했다.

고등학교 2학년 때부터 방학엔 언제나 이 우체국에서 아르바이트를 했다. 작은 시골 마을인 덕에 그 우체국의 배달 루트는 모두 기억하고 있다. 그 덕에 직원들은 아주 좋아했다.

그리고 올해 처음 아르바이트를 시작하게 된 S군을 가르쳐주라고 했다. 간단히 말해 2, 3일 정도 함께 배달을 하며 배달 루트를 기억시키라는 것이었다.

S라는 녀석은 상당한 술고래여서, 나와는 금방 친해졌고 농담을 툭툭 던지는 사이가 되었다.

이 녀석이 배달해야 하는 곳은 50곳 정도. 가구 수는 적지만 다음 배달 장소까지 가는 데 상당히 시간이 걸리는, 보통 '뚝 떨어진 곳'이라고 부른 지역이었다.

사건이 일어난 것은 아르바이트를 시작한 지 8일째 되는 날이었다.

S의 배달 구역은 내 바로 옆 구역이었기 때문에, 우체국으로 돌아갈 때는 버스 정류장 옆의 자판기에서 만나 함께 돌아가기로 했었다.

그런데 그날 S는 새빨간 눈을 부릅뜨고 눈물을 흘리며, 미친 듯이 자전거를 밟고 나타났다. 시간은 이미 오후 다섯 시. 평소 마감 시각을 훨씬 넘은 시간이었다. 길에서 굴렀던 모양인지 얼굴, 옷, 자전거가 모두 흙투성이었다.

"무슨 일이야?" 하고 물었다.

하지만 "위험해, 위험해, 위험해, 위험해"라는 말만 되풀이할 뿐이어서 말이 전혀 통하지 않았다.

나는 우편물을 잃어버리거나 파손한 것인가 싶어 "우선 우체국으로 돌아가자"라고 말하고 S를 데리고 우체국으로 돌아왔다.

우체국에 들어서자 S의 흉한 모습을 본 집배원들과 과장이 무슨 일이냐며 달려왔다. 과장은 "무슨 일이야? 우편물을 잃어버리기라도 했니?" 하고 물어봤다.

S는 "아뇨, 전부 제대로 배달했어요"라고 대답했다.

그런데 무슨 일이냐고 물어봐도 이야기는 하지 않고 "믿어주지 않을 테니까"라고 말할 뿐이었다.

이후 여러 직원들이 찾아와 S에게 사정을 물어봤지만 "믿어주지 않을 테니까"라는 말뿐이었다.

그런데 그중 한 명이 "혹시 새까만 허수아비를 본거니?"라고 물었다.

그러자 S는 고개를 끄덕였다. 이어서 다른 직원이 "아, 숲에서? 아니면 시냇가 쪽에서?"라고 묻자 S는 "양쪽에서 모두요"라고 대답했다.

S의 배달 루트에는 A라고 하는 집이 있었다. 우편물로 미루어보면 중년 부부가 둘이서 살고 있는 것 같았다. 그곳에 가기 위해서는 300미터 정도 어두운 숲을 지나 작은 시냇물을 건넌 다음, 밭을 지나가야만 했다. 솔직히 이런 곳에는 집을 짓지 말라고 화내고 싶을 정도의 위치였다.

그 집은 20년 전에 불이 났던 모양이다. 그 화재로 인해 어린아이와 조부모가 죽었다고 했다.

할아버지는 아이를 병원으로 데려가려다 숲에서 힘이 빠져 그대로 쓰러졌고, 할머니는 검게 탄 채 시냇가에서 발견됐다. 아이는 앰뷸런스로 근처 병원에 이송됐지만 병원에서 숨을 거뒀다고 한다.

지금 A집이 있는 곳은 밭을 지나가야 하지만, 원래는 그 밭에 집이 있었다고 했다.

직원의 말에 따르면 할아버지는 아직 아이를 찾고 있고, 할머니는 지금도 불을 피해 도망가고 있는 것 같다고.

"처음에는 허수아비인 줄 알았어. 그런데 새까만 머리가 눈에 띄더라구. 머리카락만 새하얀 색이었어……."

S의 말이었다. 문득 나도 기억을 되살려봤다.

확실히 그 밭에는 허수아비 같은 건 없었다.

그렇지만 올해 딱 한 번 시냇가에 검은 허수아비가 떠 있는 것을 본 것 같다……

# 봉제 인형

나는 남편과 어린 딸을 키우며 셋이서 살고 있다.

직업 사정상 남편은 언제나 밤늦게야 돌아와서, 나와 딸은 보통 먼저 잠이 들곤 했다.

우리 집에는 딸이 태어나기 전부터 남편과 둘이서 사온 귀여운 봉제 인형들이 많이 있다. 하지만 어째서인지 딸아이는 그 인형들을 무척 싫어했다.

"무서워! 무서워!"라며 피하기 일쑤였고, 얼굴에 가까이 가져가면 울음을 터뜨리고는 했다.

인형의 얼굴이 무서운 것이냐고 물어도 고개를 흔들 뿐이었다. 익숙해지게 하려고 인형을 가지고 놀기도 했지만, 딸이 계속 무서워하는 바람에 결국 남편과 나는 인형을 전부 버리기로 결정했다.

　그날도 우리는 여느 때처럼 딸과 함께 이불 속에서 잠을 청하고 있었다.

　그런데 현관문이 열리는 소리가 났다.

　'남편인가……? 오늘은 일찍 왔네.'

　그렇게 생각하며 나는 계속 잠을 청하려고 했다. 남편은 우리가 자고 있는 줄 알 것이다.

　그런데 문득 이상한 느낌이 들었다. 뭔지 모르지만 알 수 없는 공포가 나를 감싸는 듯했다. 그러자 내 심장은 미친 듯이 뛰기 시작했고, 마치 바로 옆에서 뛰는 것처럼 내 귀를 가득 채웠다.

　'내가 왜 이러지? 돌아온 것은 분명 남편일 텐데……. 집에 들어온 것은 남편일 텐데……. 어째서 이런 느낌이 드는 거지?'

　거기까지 생각이 미치자, 발소리가 평소 들려오던 남편의 것과는 달리 너무나 가볍다는 것을 알아차렸다. 발소리가 점점 방을 향해 다가왔다.

　'기분 나빠……. 오지 마…….'

　점점 심장이 더 빠르게 뛰기 시작했다. 가슴이 다 아플 정도였다.

"철컥."

누군가가 방에 들어왔다.

'절대로 보고 싶지 않아…….'

가위에 눌린 것이 아니었기에 몸은 움직였고, 눈을 뜬다면 그것의 정체를 알 수 있을 것이다. 하지만 차마 그것을 확인할 용기가 나지 않았다. 한심할 정도의 감정이었지만, 본능에 충실한 것이었다.

나는 눈을 꼭 감고 알 수 없는 공포와 맞서고 있었다.

얼마나 시간이 지났을까, 어떤 소리도 들려오지 않았다. 가슴의 두근거림도 가라앉아, 어느새 평범히 뛰고 있었다.

그 순간 남편이 아침에 출근하면서 오늘은 집에 못 들어올 거라고 했던 말이 기억났다. 나는 순간 잠결에 꿈을 꾼 게 아닌가 하고 생각했다. 딸아이는 괜찮은가 싶어 나는 시선을 딸에게 돌렸다.

놀랍게도 딸아이는 두 눈을 말똥히 뜨고 있었다. 어느 한 곳을 가만히 응시하고 있었는데, 동공이 풀려 있는 것 같았다.

아이의 시선이 내 뒤쪽을 향하고 있다는 것을 깨닫는 순간 나는 놀라 벌떡 일어나 뒤를 돌아보았다.

분명히 버렸던 봉제 인형들이, 방 한가운데에서 우리를
노려보고 있었다.

# 정글짐

내가 대학생 때의 일이다.

학교에서 돌아오는 길에 담배를 사려고 가판대로 다가가는데, 예닐곱 살 정도 되어 보이는 여자아이가 곁에 다가왔다.

"안녕하세요."

처음 보는 아이였지만 일단 "안녕"이라고 대답해줬다.

"뭐하는 거예요?"

"뭐긴, 담배를 사려고 하잖아."

이상한 아이라는 생각에 나는 무심결에 쌀쌀 맞은 태도로 대답했다.

내가 지갑을 꺼내 담배를 살 때까지 그 여자아이는 계속 내 옆에 붙어 서서 "좋은 날씨네요" 같은 말을 하며 나에게 말을 걸어왔다.

　나는 별 신경을 쓰지 않고 대충 대답해주었다. 그런데 내가 그곳을 떠나려고 하자 그 아이는 "엄마가 부르고 계세요. 같이 가주세요"라고 말하면서 내 손을 잡아 당겼다.

　그 순간 무언가 이상하다는 것을 느꼈다. 나에게 볼일이 있다고?

　나는 그 아이를 무시하려고 했지만 여자아이는 내 쪽은 보지도 않고 "엄마가 부르고 계세요"라는 말만 계속 하며 나를 데려가려고 했다.

　결국 나는 무슨 일이야 있겠냐 싶어 질질 끌리듯 여자아이의 뒤에 붙어 따라갔다. 어쩌면 정말로 곤란한 일이 있는 것인지도 모르겠다는 생각이 들었기 때문이었다.

　5분쯤 따라가다 보니 조금 큰 놀이터에 도착했다. 그네와 정글짐, 등나무가 기둥을 휘감고 있는 벤치가 보였다. 해가 질 무렵이어서인지 놀이터에는 아무도 없었다.

　여자아이는 벤치 쪽으로 나를 데리고 갔다. 벤치는 천장과 양옆에 등나무가 잔뜩 휘감겨 있었다.

　여자아이는 "엄마, 데리고 왔어요"라고 등나무 안쪽 벤치를 향해 말했다. 내가 서 있는 곳에서는 등나무에 가려

안쪽의 벤치가 보이지 않았다.

안에 누가 있는지 보고 싶었지만 내 손을 꽉 쥐고 있는 여자아이의 손을 뿌리치기 미안해서 그냥 서 있었다.

그때 "죄송합니다, 저희 딸이……" 하고 벤치 쪽에서 목소리가 들려왔다. 특별할 것 없는 보통 여자 목소리였다.

하지만 온몸에는 소름이 돋으며 본능적으로 '위험하다!'라는 생각이 들었다. 한시라도 빨리 그곳에서 도망쳐야 한다는 느낌이 나를 휘감았다.

그때 아이가 갑자기 "나, 놀고 올게"라고 말하며 벤치 반대쪽에 있는 정글짐으로 달려갔다.

나는 퍼뜩 제정신이 들었다.

"죄송합니다, 저희 딸이……."

또 그 목소리가 들려왔다. 특별하지 않은 목소리. 이번에는 소름도 끼치지 않았다.

기분 탓이었나……?

나는 마음을 단단히 먹고 등나무 안쪽 벤치가 보이는 곳으로 성큼 들어갔다.

거기에는 조금 놀란 표정을 짓고 있는 여자가 앉아 있었다. 어깨까지 머리가 흘러내린, 서른 살이 약간 넘어 보이는 여자였다.

"죄송합니다, 저희 딸이…….."

그녀는 조금 망설이면서 다시 이렇게 말했다.

뭐야, 평범한 사람이잖아…….

그렇게 생각하고 나니 갑자기 부끄러워져서 나는 "아뇨, 아닙니다. 괜찮아요"라고 머리를 긁으며 대답했다. 그리고 나는 그 엄마와 가벼운 대화를 나눴다. 날씨가 어떻다든지, 요즘 학교는 어떻다든지……. 아무 의미 없는 대화일 뿐이었다.

여자아이의 엄마는 말수가 적은 편이었지만 뭔가 다르다고 느껴질 만한 것은 없었다.

여자아이는 벤치 바로 옆, 내 등 뒤에 있는 정글짐에서 놀고 있었다.

슬슬 해도 저물고 공원은 오렌지색으로 물들었다. 그때 나는 문득 원래의 목적을 떠올렸다. 왜 내가 여기에 오게 된 것인지를 말이다.

그래서 "저, 그런데 어째서 저를 부르신 건가요……?"라고 물었다.

그 순간이었다.

"치에!" 하고 대단히 큰 목소리로 여자아이의 엄마가 외쳤다. 아마 그 여자아이의 이름 같았다.

나는 황급히 등 뒤의 정글짐을 되돌아봤다. 그러자 눈 앞에서 무엇인가가 떨어지고, 둔탁한 충격음과 함께 무엇인가 부서지는 소리가 발밑에서 났다.

천천히 발밑으로 시선을 돌리자 그 여자아이, 치에라고 하는 여자아이가 기묘하게 몸을 비틀고 쓰러져 있었다. 몸은 엎드려 있는데 얼굴은 하늘을 향하고 있다. 크게 뜬 눈은 움직이지 않았다.

오렌지색의 지면에 붉은 피가 천천히 퍼져 나가는 것을 나는 아연실색하고 지켜보고 있었다.

경찰, 앰뷸런스, 전화…….

여러 단어가 머릿속을 어지럽게 날아다녔지만 정작 몸은 움직일 수 없었다.

그때, 여자아이가 움찔하면서 무슨 말을 중얼댔다.

아직 살아 있다!

나는 바로 달려들어 여자아이가 무슨 말을 하는 것인지 들으려 했다.

"……어……엄……마……."

엄마를 찾는 것일까!?

나는 벤치를 돌아봤다. 그러나 아이 엄마의 모습은 그곳에 없었다. 그리고 보니…… 처음에 비명을 지른 후에

엄마는 이쪽으로 달려오지도 않았다. 도움을 구하러 간 것일까?

"……가지 마……."

다시 여자아이가 중얼댔으므로 나는 그쪽을 향했다.

"괜찮아, 엄마가 도와줄 사람을 찾으러 갔어"라고 말하며 여자아이를 달래줬던 기억이 난다.

그러나 헛된 위로일 뿐이었다. 그저 눈으로 보기만 해도 이미 목이 꺾여 있었다. 나는 지금 이곳에 없는 그녀의 엄마에게 분노를 느꼈다.

"엄……마가……부르고……있……."

여자아이는 아직 중얼거리고 있다.

……엄마가 부르고 있다고……?

나는 문득 위로 시선을 돌려 정글짐을 우러러보았다. 거기에는 여자아이의 엄마가 매달려 있었다.

탁한 눈, 잔뜩 빼 물은 혀…….

자세하게 이야기하고 싶지 않다.

그저 그것은 이미 죽은 사람의 얼굴이었다.

그리고 엄마의 비뚤어진 턱이 꾸물거리며 움직였다.

"죄송합니다, 우리 딸이……."

그다음 일은 기억하고 있지 않다. 나는 아마 그때 기절

했던 것 같다. 정신을 차렸을 때는 한밤중에 놀이터에서
쓰러져 있었다.

그 정글짐은 얼마 지나지 않아 허물어졌다.

## 러브호텔에서

친구 K가 들려준 이야기다.

어느 날, K와 여자 친구 한 명, 남자 친구 한 명까지 셋이서 술을 마시러 갔었다고 한다. 한참 술을 마시고 가게에서 나왔을 때는 이미 막차가 끊긴 시간이었다.

"이런, 어디서 자고 가야겠네"라는 말이 나와서 어쩔 수 없이 그 근처 러브호텔에서 세 사람이 같이 자고 가기로 했다.

세 명은 침대 옆에 세로로 나란히 누워 잠을 청했다. 그리고 다들 잠에 빠져 조용해진 지 두 시간 정도 지났을 때였다.

한복판에서 자고 있던 여자 친구가 갑자기 K양을 깨워

서 굉장히 겁에 질린 얼굴로 "빨리 돌아가자!"라고 말하는 것이었다.

"뭐? 지금 막 누웠잖아······"라고 K는 투덜댔지만, 그 친구는 "부탁이니까 돌아가자. 이유는 있다가 말해줄게. 꼭 자고 싶으면 나 혼자 갈 거야!"라고 몇 번이고 말했다고 한다.

그 모습이 분명히 범상치는 않았기 때문에 K는 주섬주섬 일어나서 옆에 누운 남자 친구를 깨웠다고 한다. 하지만 그 남자 친구는 몇 번을 깨워도 일어나지 않았다.

만취상태인 탓에 말도 제대로 통하지 않았기 때문에, 결국 둘이서 먼저 돌아가기로 했다. 그리고 첫차 시각이 될 때까지 주변 편의점에서 시간을 때우고 있는데, 갑자기 K의 휴대전화가 울렸다.

전화를 건 것은 호텔에 남겨두고 온 남자 친구였다.

"아직 자고 있을 텐데······?"라고 생각하며 전화를 받았더니, 그는 갑자기 "너희들 왜 나만 그런 방에 버려두고 간 거야!"라고 소리쳤다.

그러자 옆에 있던 여자 친구는 "걔도 봤나 봐······"라고 멍하니 중얼거렸다.

친구들은 그 방에서 무서운 것을 봤다고 한다.

자다가 목이 말라서 눈을 뜬 친구가 냉장고 쪽에 가려고 일어섰는데, 그 순간 천장에서 머리가 긴 여자가 거꾸로 매달린 모습으로 불쑥 나타났다는 것이다.

그 여자는 피가 흐르고 있었던 것인지 얼굴이 피투성이였다고 한다. 그리고 무엇을 호소하는 것 같은 목소리가 들렸던 것 같은데, 친구는 그것이 무슨 말인지 알아차리지 못했다고 한다.

친구의 몸은 마치 가위에 눌린 듯 잔뜩 굳어서 움직일 수 없었고, 그런 상태가 1분가량 지속됐다. 그리고 순간적으로 시선을 돌린 순간, 그 귀신은 사라지고 움직일 수 있게 되었다는 것이다.

그날은 남자 친구와 합류해서 바로 집에 돌아갔지만, 다음 날 정오쯤 아무래도 기분이 나빴던 세 명은 관리인에게 항의를 하기 위해 그 호텔로 향하게 됐다.

그런데 그 호텔의 주변에는 경찰과 경찰차가 잔뜩 몰려 진을 치고 있었다.

세 사람은 무슨 일이 있었는지 듣고 불평도 할 겸 호텔 입구에 서 있던 관리인에게 다가갔다. 그리고 "무슨 일이 있나 보네요? 우리들도 어제 여기서 이상한 걸 봐서 정말 기분이 나쁜데요"라고 말했다.

그러자 관리인은 표정이 잔뜩 어두워져 무엇을 봤는지 물어봤다.

세 사람은 어제 자신들이 봤던 광경을 설명했다.

그 이야기를 듣는 동안 관리인의 얼굴은 점점 일그러졌다. 그리고 세 사람의 말이 끝나자 그는 이렇게 말했다.

"어젯밤, XXX호실에서 어느 여자가 야구 배트로 머리를 얻어맞아 살해당했다고 합니다……."

여자가 죽었던 방은 그 세 사람이 자고 있던 바로 윗방이었다는 것이다. 그리고 죽음을 당한 시간과 거의 동시에 친구는 천장에서 나타난 여자의 귀신을 봤던 것이다.

그 이야기를 들은 순간, 세 사람은 온몸에 소름이 끼쳐서 바로 그 호텔에서 도망치듯 돌아왔다.

아마 천장에서 나타났던 여자의 귀신은 생령이 아니었을까. 도와달라는 강한 생각이 그런 모습으로 아랫방에 나타났던 것은 아닐까…….

# 삼촌의 취미

우리 삼촌이 실제로 겪은 이야기다.

삼촌은 고서 수집이 취미여서, 틈만 나면 헌책방을 찾아다니곤 하셨다. 그러다 어느 헌책방에서, 삼촌은 어느 미국인이 인디언과의 전투 기록을 일기 형식으로 적어놓은 고서를 찾았다.

오리지널은 아니고 복제품이었지만, 그 시대에 복제된 것은 틀림없었기 때문에 삼촌은 꽤 비싼 값을 치루고 그 책을 샀다. 흡족한 마음에 삼촌은 그 책을 자기 방 서재에 소중히 간직했다.

그런데 그날 이후로 어째서인지 매일같이 잠을 설치기 시작했다고 한다. 퇴근하고 서재에 돌아오면 숨쉬기가 버

거울 정도로 공기가 무거운 데다, 잠을 자면 거의 매일 악몽에 시달렸다는 것이다.

그런 일이 몇 달이나 계속되었지만 병원에서도 마땅히 아픈 곳은 짚어내지 못했다. 그래서 삼촌은 "방에 무언가 안 좋은 물건이 있어서 그런 건 아닐까?"라는 생각에 평소 잘 알고 지내던 무당을 집으로 불렀다.

그런데 그 무당은 방에 발을 들여놓자마자 굉장히 험악한 얼굴을 하고 삼촌에게 소리쳤다고 한다.

"당신, 도대체 왜 이런 걸 가지고 있는 거야!"

그 무당이 가리킨 것은 서재였다.

성큼성큼 다가가 무당이 떨리는 손으로 서재의 유리창을 젖히고 꺼내든 것은 지난번 비싼 값에 구입했던 인디언 이야기가 적힌 고서였다.

그리고 그 무당이 한 말은 삼촌을 경악하게 만들었다.

"이건 사람의 피부야! 사람 가죽으로 만든 책이라고! 표지를!"

그날 중으로 삼촌은 그 책은 근처의 절에 맡기고, 공양을 드려달라고 부탁했다고 한다.

그 외에도 '가지고 있으면 그다지 신상에 좋지 않은 책'이 서재에 몇 권 더 있었다고 한다. 그것은 무당이 가지고 가서 직접 처리했다고 한다.

　그 이후 삼촌의 방은 공기도 상쾌해지고 악몽을 꾸는 날도 없어졌다고 한다.

　삼촌은 이 이야기를 마치며 나에게 이렇게 말했다.

　"내가 샀던 건 가격이 만만찮아서 단 한 권뿐이었어. 그 책은 여러 권으로 구성되어 있어. 아직 그 헌책방에는 네 권이나 더 남아 있어……."

　도쿄의 어느 헌책방이라고 한다.

# 영상 괴담

나는 어느 영상 제작 전문학교에서 강사의 조수로 일한 적이 있다.

당시 1학년 수업에서 '카메라를 사용해서 강사가 정한 테마의 영상을 다음 시간까지 찍어오기'라는 과제가 나온 적이 있었다.

그런데 그 강사가 첫 번째 수업에서 과제로 내는 테마는 언제나 같았다.

'죽은 거리'라는 테마였다.

이 수업의 목적은 '고객의 막연한 요구에 어떤 구체적인 영상을 대답으로 제시할 것인가'라는 걸 지도하기 위한 것이었다.

예를 들어 죽은 거리라는 테마의 경우, 가장 적절한 것은 쇠퇴하여 사람의 모습이 보이지 않는 거리의 영상을 찍어오면 되는 셈이다.

그렇지만 1학년 학생들은 아직 학교에 입학한 지 몇 달 지나지도 않은 터라 완전히 아마추어였다.

그런 의도를 이해하기에는 아직 많이 부족했었기에 이상한 것을 찍어오는 경우가 정말 많았다. 죽은 벌레를 찍어 오거나, 자살하는 사람을 주제로 모노드라마를 만들어 오기까지 할 정도였다.

그런데 그렇게 학생들이 찍어온 영상 중에 하나 묘한 것이 섞여 있었다.

그 영상은 학교 별관을 배경으로 황혼이 비치는 가운데 학생이 카메라를 들고 건물 안을 돌아다니며 "여기에서는 여자가 자살해서 유령이 나온다고 합니다"라는 둥 이야기를 하는, 어쩐지 괴담 영화 같은 느낌이 드는 특이한 영상이었다.

영상은 건물을 모두 지나치고, 마지막으로는 최상층의 교실에서 마지막 괴담을 이야기하고 카메라가 갑자기 앵글을 바꿔 고정된 채 화면 위쪽의 창문을 찍는 것으로 끝났다.

그리고 그 창밖에는 여자가 붙어 있었다.

창문에 손을 꽉 대고서.

한 마디로 '귀신 이야기를 하고 있으면 귀신이 나타난다'라는 이야기를 실현한 셈이었다.

나와 강사는 그 영상을 보고 기발함에 감탄을 했다.

바깥도 슬슬 어두워지고 있었고, 카메라의 초점도 그 여자가 아닌 다른 쪽에 맞춰져 있어 표정이 흐릿했지만 그것이 오히려 더 귀신 같아 상당히 무서웠다.

그리고 다음 수업 시간에 나는 그 영상을 찍은 학생과 대화를 하게 되었다. 테마에서는 약간 벗어나 있을지언정 영상이 재미있었으니까.

그런데 그렇기 이야기를 나누던 도중 이상한 것을 알아차렸다.

그 학생은 창밖의 여자에 대해 전혀 모르고 있었던 것이다. 확실히 그 건물에서 괴담을 말하며 영상을 촬영했지만, 이야기가 끝나고 창문을 찍은 것은 단순히 촬영을 끝내고 카메라를 내려놓은 것뿐이었다는 것이다.

스위치를 누르는 것을 잊어 카메라가 계속 켜져 있었다. 짐을 다 정리했을 때에야 카메라가 켜져 있는 걸 알아차리고 황급히 녹화를 중단했지만 아직 자신은 편집 기재도 사용할 수 없을 뿐 아니라 거기 다른 영상을 덧씌우는 것도 애매해서 그대로 제출했을 뿐이라는 것이었다.

나는 그 학생이 겁을 주려고 장난치는 것이라고 생각해서 "에이, 그 사람 여자 친구지? 그렇게 높은 곳에 서 있었는데 화 안 냈어?"라고 놀렸다.

하지만 그 학생이 "무슨 소리예요, 정말!"이라고 화를 내서 그와 함께 영상을 편집실에서 다시 돌려보기로 했다. 그래서 여자가 창밖으로 보이는 걸 가리키면서 "봐라, 봐"라고 말했더니, 그 학생은 얼굴이 새파래졌다.

"전 이런 거 찍은 적 없어요! 전 모른다구요!"

그렇게 말하고 그는 그대로 집으로 돌아갔다. 하지만 나는 혼자 편집실에 남아서 "끝까지 연기를 하다니. 재미있는 친구야"라며 싱글싱글 웃으며 그 영상을 다시 돌려보고 있었다.

그리고 그 순간 알아차렸다.

영상에 찍힌 교실 창문 크기로 계산하면, 그 여자의 얼굴은 작아도 70센티미터는 되어야 했다. 순간 온몸에 소름이 돋아 나는 그대로 영상을 끄고 집으로 도망쳤다.

이후에도 한동안 그곳에서 근무했지만 그렇게 오싹했던 영상은 그때가 처음이자 마지막이었다.

# 그 남자의 후회

지금은 조금 안정되었지만, 그래도 아직까지 진행 중인 이야기다.

나는 과거에 두 번, 아이를 낙태시킨 적이 있다.

첫 번째는 아직 어렸던 열일곱 살 때의 일로, 피임에 실패했던 탓이었다.

두 번째는 스물세 살 때였다. 당시 여자 친구와는 2년 정도 사귀고 있었고, 나는 그녀와 결혼까지 생각하고 있었다. 그랬기 때문에 아이가 생겨도 괜찮다고 생각하며 약혼도 하지 않은 상태에서 피임도 하지 않고 관계를 가지곤 했었다.

딱히 그녀도 거부하지 않았었고. 역시 여자 친구는 얼

마 안 있어 임신을 했고, 나는 그것을 기회로 청혼을 했다.

나는 당연히 여자 친구가 받아들여 줄 것이라고 생각했지만, 그녀는 부모님에게 거절할 수 없는 혼담이 들어왔다며 반대로 헤어지자고 말을 꺼냈다. 집안의 사정이랄까, 정략결혼 같은 것은 아니지만 비슷한 느낌이었다.

그렇지만 헤어진다고 해도 아이가 문제였다. 나는 정말로 아이가 보고 싶었다. 심지어 아이는 나 혼자서라도 키울 테니 낳아달라고 부탁했지만, 그녀와 부모님마저 찾아와 부탁한 탓에 어쩔 수 없이 낙태를 하고 말았다. 새로 결혼을 하려는 신부에게 다른 남자의 아이가 있다는 것은 말이 안 된다는 것이었다.

솔직히 열일곱 살 때는 "아, 귀찮게 임신이라니……"라고 생각하곤 했었다. 하지만 그때는 도저히 눈물을 참을 수가 없었다. 6년이 지나고 나서 나는 진심으로 후회하기 시작한 것이었다.

그 후로부터 내 몸 상태는 점점 이상해지기 시작했다. 어깨가 무거워지고, 식욕이 줄어들었다. 자다가도 알 수 없는 무서운 꿈을 꾸어서 깨어나곤 했다.

병원에 찾아가봤지만 원인 불명이라는 말뿐이었다. 나는 아무래도 심적인 타격이 큰일을 겪은 탓이라고 생각하고 있었다. 곧 잊을 수 있을 거라고, 몸도 좋아질 거라고.

하지만 몸 상태는 날이 갈수록 나빠져만 갔다. 끝내 정신과 치료까지 받게 되었지만 차도가 없어 나는 하던 일마저 그만두게 되었다.

나는 요양을 위해 친가로 돌아가서, 부모님께 간병을 받기로 했다. 하지만 몸 상태는 여전히 좋아질 기미가 보이지 않았다.

68kg이었던 몸무게는 두 달 사이 52kg까지 빠져버렸다. 병원에 가봤지만 여전히 원인은 알 수 없었다.

그렇게 며칠쯤 시간이 지나고, 나는 조상의 제삿날에 참석하게 되었다. 친척들은 모두 내 모습을 보고 놀라면서 걱정해주었다.

그렇게 제사도 끝나고 돌아가려는데, 이모님 한 분이 내게 말을 걸었다.

"너희 엄마한테 들었단다. 이모가 용한 무당을 알고 있는데 소개해줄까?"

나는 무슨 소리인가 싶었지만, 혹시 나을 가능성이 있을지도 모른다는 생각에 소개를 부탁했다. 그리고 그 무당은 나를 보자마자 이렇게 말했다.

"아기 귀신이 달라붙어 있습니다."

충격이었다. 게다가 숫자도 확실히 두 명이라고 말하는 것이었다. 나는 낙태에 관해서는 친척은 물론이고, 이 무당에게도 말한 적이 없었다.

나는 반쯤 매달리다시피 하면서 무당에게 제령을 부탁했다. 그러자 무당은 "제령은 해드리겠습니다만, 그것은 아기 귀신을 공양하는 것뿐 다른 효과는 없습니다. 지금 당신의 몸이 안 좋은 건 생령의 영향입니다"라고 말했다.

자세히 물어보니, 아기들의 귀신은 내게 붙어 있지만, 이 귀신들은 나에게 해를 끼칠 생각이 없다는 것이었다. 하지만 내 몸 상태가 안 좋은 것은, 그 귀신들에게 영향을 끼치는 나의 후회와 더불어 다른 누군가의 후회가 겹친 탓이라는 것이었다.

그리고 나와 같이 후회하고 있는 사람도 몸이 안 좋아졌을 것이라는 말을 덧붙였다.

우선 나는 아기들의 공양을 부탁했다. 조금 맥이 빠졌지만, 마음 깊은 곳으로부터 손을 모아서 기도했다. 조금 눈물이 흘렀다. 반쯤 울고 있는 나를 보며 무당은 "그 눈물이 당신을 괴롭히는 겁니다"라고 말했다.

나 말고 후회하고 있는 사람, 그것은 열일곱 살 때의 여자 친구나 스물세 살 때의 여자 친구 둘 중 하나라고밖에 생각할 수 없었다.

그렇지만 아무래도 결혼을 거절당한 데다 더 최근이었던 스물세 살 때의 여자 친구 쪽으로 기우는 것이 사실이었다.

나는 몇 달 만에 그녀에게 연락을 하고, 만나기로 했다.

몇 개월 만에 만난 그녀는 내 모습을 보고 깜짝 놀란 것 같았다. 나는 그녀에게 무당에게 들은 이야기를 하고, 혹시 마음에 짚이는 것이 없는지 물어봤다. 그러나 그녀는 모른다는 대답뿐이었다.

나는 후회하고 있지 않느냐고 따져 물었다. 혹시 낙태한 걸 후회하고 있다면 그만두라고. 하지만 그녀는 새로운 결혼생활도 순조로운 데다 매일 매일 행복하게 살고 있다고 했다. 낙태한 아기에게는 미안하지만, 그다지 강하게 후회하고 있지는 않다는 것이었다.

그 이야기를 듣자 나는 내가 너무 비참해져서 곧 그 자리를 떠났다. 남아 있는 열일곱 살 때의 여자 친구일지도 모른다는 생각에 나는 그녀에게 연락을 하려고 했다. 하지만 이미 6년 전에 헤어졌던 터라 연락처는 없어진 후였다.

나는 딱히 사이가 좋지 않은 옛 친구들에게도 닥치는 대로 전화를 걸어 그녀의 연락처를 알아봤다.

그러던 도중 한 여자아이가 "아, A의 친구를 말하는 거지? A한테 물어보면 알걸?"이라고 말해주었다.

"그럼 좀 알아봐 줄래?"라고 부탁했지만, "그런데 그 아이라면……"이라고 중얼대는 것이었다. 무슨 일이냐고 묻자, "세상을 떠난 거 아니었어?"라는 대답이 돌아왔다.

"뭐!?"

"어……? 그렇지만 네가……."

"잠깐만! 도대체 무슨 소리야!?"

몹시 머뭇거리던 그녀에게 들은 것은 정말 믿을 수 없는 이야기였다.

나는 그녀가 낙태를 한 후, 퇴원하기 전에 이별을 고했다. 원래 그다지 좋아하지 않았던 데다 임신으로 마음고생이 심했고, 마침 내가 좋다는 귀여운 여자아이가 있었던 것이다. 지금 생각하면 아무리 철없던 시절이라도 내가 너무 한심하게 느껴질 뿐이다.

그 후에는 소식도 듣지 못했는데, 그녀는 그 낙태의 후유증 때문에 한 달 뒤에 세상을 떠났다는 것이었다.

도저히 믿을 수 없는 이야기였다.

역시 직접 찾아가봐야겠다는 생각에 나는 연락처를 받아냈다.

그렇게 나는 그녀의 부모님을 만나게 되었다. 그녀의 부모님이 한 이야기는 내가 친구에게 들었던 이야기 그대로였다.

나는 두 분 앞에 무릎을 꿇고 사죄했다. 아버님은 아무 말도 하지 않으셨지만, 어머님은 이렇게 말하셨다.

"실수라고 해도 딸은 이제 돌아올 수 없어. 법률상으로는 당신에겐 죄가 없겠죠."

"그렇지만……. 그런 뜻으로 사과하는 게 아닙니다"라고 내가 말하자 "맞아요. 나는 딸을 죽인 건 당신이라고 생각해요. 평생 후회하면서 사세요"라는 대답이 돌아왔다.

온몸에서 피가 빠져나가는 것 같은 기분이었다. 나는 저주를 받고 있는 것이었다. 차라리 얻어맞거나 욕을 먹는 편이 좋았을 것이다.

몸의 이상은 지금도 계속되고 있다. 무당에게는 계속 상담을 받고 있다. 내가 후회하고 있는 것들이 사라지면, 반대편의 생령이 내게 개입할 수 없어진다고 해서, 빨리 잊고 미래를 생각하려고 노력 중이다.

그래서 절에 나가서 공덕을 쌓으려고 하고 있다.

그렇지만 잊는다는 것은 어떤 것일까?

낙태 따위 해도 상관없다고 생각하던 시절로 돌아가야

한다는 것일까?

　최근 나는 불교 관련 책들을 계속 읽고 있다.

　마지막으로, 그녀의 부모님을 만난 후 무당에게 들었던 이야기를 써보려고 한다.

　"어머님께 용서를 받으면 되는 것 아닐까요……. 매일 사과하러 가면 어떨까요?"

　"안 됩니다. 이제 그 사람은 만나지 마세요. 당신에게 맺혀 있던 흐릿한 후회의 감상은 이제 완벽하게 증오로 바뀌었다 저주로 바뀌려고 하고 있어요. 이제 꿈에도 나올 겁니다."

　그 이후 나는 매일 밤 어슴푸레하지만 강렬한 악몽을 꾸고 있다. 피투성이 방에서 큰 소리로 울부짖는 중년 여자의 목소리가 들린다.

　아마도 그녀의 어머니겠지…….

# 작은 덩어리

친구에게 들었던 이야기이다.

친구는 회사의 인사과에서 근무하고 있다. 그다지 큰 회사는 아니기 때문에, 인사과라고는 해도 과장을 포함해 세 명밖에 없어서 신입 사원을 채용하려면 전원이 면접관으로 나서야 했다.

이 일은 재작년 신입 사원 면접 때 있었던 일이라고 한다. 그날 마지막 면접 대상은 전문대학을 졸업한 지 얼마 되지 않은 여자였다. 정장을 예쁘게 차려입은 귀여운 느낌의 여자였다고 한다.

그녀는 면접실로 들어서며 꾸벅 인사를 하고, 그대로 접이식 의자에 앉았다. 그때 친구는 그녀의 허벅다리에서 무엇인가 붉은 것이 뻗어져 나오는 것을 깨달았다.

설마 생리라도 하고 있는 것일까? 친구는 순간 그렇게 생각했다고 한다.

그녀도 친구의 시선을 느꼈는지, 슬쩍 무릎 쪽을 내려다보았지만, 특별히 눈에 띄는 것은 없었던지 바로 고개를 들었다.

옆에 앉은 과장도 알아채지 못한 것인지, 판에 박힌 질문들을 하기 시작했다. 친구 역시 마음에는 걸렸지만 보이지 않는 척하며 서류로 눈을 돌렸다.

하지만 아무래도 신경이 쓰였다. 살짝 눈을 들어 보자, 그것은 진한 분홍색의 끈 같은 것이었다. 그것이 그녀의 발밑에 칭칭 휘감겨 있었다. 그리고 복사뼈 뒤쪽 근처에 작은 덩어리가 두 개, 희미하게 꿈틀거리는 것이 보였다.

태아인가……?

그렇게 생각한 순간, 두 개의 덩어리가 친구에게 고개를 돌렸다고 한다. 유리구슬 같은 눈이 분명히 친구를 보았다. 정신을 차렸을 때는 면접이 끝난 뒤였다.

인사를 하고 문밖으로 나가는 그녀의 발밑을 다시 응시했지만, 거기에는 아무것도 없었다.

"자네, 면접 중에 이상한 곳을 빤히 쳐다보고 있으면 어떡하나."

　당연히 친구는 과장에게 야단을 맞았다. 하지만 그것은 너무나도 생생해서 착각이나 환각이라고는 생각할 수 없었다.

　친구가 그것에 관해 말할까 주저하고 있자, 과장이 조용히 입을 열었다.

　"성적도 태도도 더할 나위 없이 훌륭하지만, 저 사람은 뽑으면 안 되겠어……."

　의아한 얼굴로 친구가 과장을 바라보자, 과장이 입을 열었다.

　"자네도 보지 않았는가?"

　그렇게 말하며 과장은 손을 움츠려 손바닥에 태아의 모습을 그렸다.

# 사라져버린 친척

초등학교 4학년 여름방학 때의 일이다.

엄마가 해외로 단신 부임하신 아버지를 만나러 가셨을 때였다.

나는 여권이 없었기 때문에 혼자 일본에 남았다.

친가와 외가 모두 조부모님은 일찍 세상을 떠나셨기 때문에 나는 만난 적 없는 친척 집에 일주일간 맡겨지게 되었다.

친척이라고는 해도 그리 가까운 촌수의 사람들도 아니었던 것으로 기억한다. 그 집 가족은 할머니, 아버지, 엄마, 딸, 그리고 아들이 있었다.

엄마에게 끌려가서 나는 집에서 200킬로미터나 떨어진

곳에 있는 깡촌에 맡겨졌다. 그 집은 1994년이었는데도 불구하고 목욕할 때 땔나무를 써서 물을 데우고, 화장실도 옛날식 그대로여서 정말 시골 같았다.

다행히 친척 가족들은 처음 만난 나에게 마치 가족처럼 대단히 상냥하게 대해주었다.

이튿째 되던 날이었던가, 누나와 형에게 이끌려 나는 폐선이 된 선로가 있는 터널을 탐험하러 가게 되었다. 터널 안은 깜깜한 데다 반대편의 빛이 희미하게 보일 정도로 길었다.

20분 정도 걸어서 터널을 빠져나갔다. 그동안 누나와 형은 어째서인지 아무 말도 하지 않아 나는 괜히 무서워졌다. 터널을 빠져나오자 터널을 우회해서 집으로 돌아왔다.

그날 밤부터 왠지 모르게 가족들은 대단히 서먹서먹해 졌다.

"무언가 안 좋은 일이 있는 것일까?"

어린 마음에 나는 대단히 불안했다.

그날 밤은 대단히 더웠고 벌레도 많아서 도저히 잠을 잘 수 없었다. 그래서 잠깐 바람이라도 쐴 생각으로 밖에 나가기 위해 현관으로 가는데, 조용조용 부엌문에서 목소리가 들려왔다.

가족이 모여서 무엇인가 이야기를 하고 있었다.

"역시 다른 집 애잖아……."

"그러니까 나는 싫다고 했었잖아……."

어린 나였지만 '아……, 역시 귀찮았던 거구나……'라는 생각이 들었다.

굉장히 슬퍼진 나는 그대로 방으로 돌아가 잠들었다.

다음 날 아침, 잠에서 깼을 때는 식은땀을 잔뜩 흘려 시트가 흠뻑 젖어 있었다. 야단을 맞지 않을까 걱정했지만, 아주머니는 전혀 화내지 않고 시트를 빨아 말려주셨다.

그날은 할머니와 아주머니가 외출을 해서 나는 혼자 근처를 탐험하고 있었다. 이곳에 온 지 사흘 만에야 알아차렸지만, 이 마을에는 무덤이 참 많았다.

이웃이라고 해봤자 집은 두 채 정도. 뭐랄까, 쓸쓸한 마을이었다.

저녁에 집에 돌아오니 아무도 없었다.

"이상하네……."

집 안을 돌아다녀도 아무도 없었다.

'아……, 시트는 말랐을까?'라는 생각이 들어 나는 정원에 시트를 가지러 갔다.

"어?!"

시트는 새빨갛게 물들어 있었다.

나는 잔뜩 겁에 질렸다.

밤 9시가 되었지만 아무도 돌아오지 않았다. 배가 고팠지만, 과자 하나 없었다. 밖은 가로등 하나 없이 컴컴했다. 한여름인데도 대단히 으스스하고 추웠다.

갑자기 전화가 울렸다. 나는 달려가서 전화를 받았다.

"여보세요?"

전화를 건 것은 누나였다.

"오늘은 모두 안 돌아갈 거야. 먼저 자고 있으렴……."

이게 무슨 일이람……. 나는 무서워져서 이불에 몰래 들어가서 아침이 오기만을 기다렸다.


다음 날 아침이 되었지만 아무도 돌아오지 않았다.

"모두들 어떻게 된 걸까?"

그때 현관에서 나를 부르는 엄마의 목소리가 들렸다.

"A야, 이제 그만 돌아가자!"

일주일간 해외로 나가 있을 터인 엄마가 어째서인지 일본에 와 있었다. 나는 이상하다는 생각이 들었지만, 엄마의 얼굴을 보고 안심했다.

그리고 나는 그 집의 가족을 다시 보지 못하고 집으로

돌아왔다.

엄마는 아무 말도 하지 않고 나의 손을 꼭 잡은 채 도망
치듯 그 집을 떠났다.

그 후 엄마는 그 집에 관해 어떤 말도 해주지 않았다.

15년이 지난 얼마 전, 나는 엄마에게 물었다.

"그때 그 가족, 건강하게 지낼까요?"

……엄마는 망설였지만 천천히 이야기해주셨다.

"사실 그때…… 너를 맡긴 바로 그날 전화가 왔었
어……. 너를 데려가라고 말이야……."

그래서 엄마는 서둘러 일본에 돌아온 모양이었다.

그리고 그 가족은 내가 형과 누나랑 함께 탐험했던 터널
에서 모두 피투성이 사체로 발견되었다고 한다……

# 안개 낀 밤

1년 정도 전의 이야기다.

내가 일하고 있는 지역은 요즈음 한밤중에 안개가 자주 낀다. 시골이라 길도 어둡기 때문에, 안개가 낄 때는 시야가 완전히 가려져 차를 타는 것이 무서울 정도다.

그날은 새벽 두 시에 일이 끝나서, 집에 돌아가려고 차에 올라탔다. 역시나 안개가 굉장해서 앞이 보이지 않아 천천히 가고 있었다.

그런데 5분쯤 가다가, 회사에 물건을 두고 온 것이 생각나 돌아가게 되었다. U턴을 할 수 있을 만한 곳까지 가는데, 차에 치인 듯한 너구리의 시체가 있었다.

이 근처에는 너구리나 도둑고양이가 많아, 차에 치이는

일이 잦았기에 별 신경은 쓰지 않았다.

나는 회사로 돌아가 놓고 온 물건을 찾아 다시 길을 나섰다. 아까 전 U턴한 곳 근처에서 휴대전화가 울렸다.

나는 차를 잠시 멈추고 전화를 받았다. 별 이야기는 아니었기에 금세 통화를 끝내고 다시 차에 올랐는데, 자동차 라이트가 겨우 비칠 만한 곳에 아까 그 너구리의 시체가 보였다.

그리고 그 몇 미터 옆의 논과 도로 사이에서, 무엇인가 큰 것이 움직이고 있었다……. 안개 때문에 잘 보이지는 않았지만, 그것은 어른 두 명이 주저앉아 있는 정도의 크기였다.

그런 게 삐거덕거리는 기묘한 움직임으로 논에서 도로로 올라오려 하는 것이었다. 그리고 그것이 라이트의 영역으로 들어오자 그 모습이 확실히 보이기 시작했다.

그것은 게같이 보였다.

그렇게 큰 게가 있을 리 없다는 것은 나도 알고 있었다. 하지만 옆으로 넓은 몸에 위를 향한 두 개의 둥그런 돌기, 그리고 옆으로 다리를 움직이는 모습은 영락없는 게의 그것이었다.

무섭달까, 이상한 느낌에 사로잡혀 멍하니 보고 있자,

갑자기 그 녀석이 스사삭 하고 재빠르게 움직였다. 그리고 엄청난 속도로 너구리의 시체를 잡아채서 차 앞을 지나 안개 속으로 사라져버렸다.

그리고 나는 보고 말았다.

그것은 게가 아니었다.

스님처럼 머리카락이 하나도 없고, 비정상적으로 흰 알몸의 사람이었다.

몸의 오른쪽 반과 왼쪽 반이 달라붙어서 두 사람이 한 몸을 이루고 있는 기형의 모습이었다. 게 눈처럼 보였던 둥근 돌기는 머리 두 개였다. 그것이 게처럼 납죽 엎드려서 옆으로 움직이고 있던 것이다.

그 후로 나는 안개가 끼는 날에는 그 길을 피해 다니고 있다. 그 길에서 자주 동물이 치이는 것은 어쩌면 그 괴물 인간 때문이 아닐까?

몇 년 전 고등학생이 차에 치인 사고가 크게 보도된 적이 있다. 늘 다니던 길이라 처참한 모습의 사고가 기억에 남아 있었는데, 그 게 인간에게 쫓긴 탓이라고 생각하면 너무나 무서워서 견딜 수가 없다.

# 붉은 빛

내가 아는 선배의 경험담이다.

그 선배의 회사는 카나가와에 있어서, 그 탓에 하코네 방면에 가게 되는 일이 자주 있다고 한다.

다음 날 출근도 신경 쓰지 않고 차로 이리저리 다니다 보니, 그날은 너무 늦은 시간까지 일에 붙어 있게 되었다고 한다.

초조해진 선배는 지름길을 찾아, 가장 빨리 집에 갈 수 있는 길로 들어섰다.

인적이 드문 옛 도로. 그것도 새벽 세 시여서 길에는 아무도 없었다.

상당히 빠르게 고갯길을 달려가는데, 전방에 작게 빨간

불빛이 보일 듯 말듯 반짝였다. 마치 자동차의 후면 램프 같았다.

선배는 이 시간에 이 길을 가는 사람이 자기 혼자가 아니라는 것에 안도하고 그 불빛을 쫓아갔다고 한다. 그러나 아무리 속도를 높여도 그 불빛과의 거리는 조금도 줄어들지 않았다.

"엄청 빠르게 달리고 있는 오토바이인가 보다"라고 생각하고 있는 사이 고개를 지나가는 작은 터널이 보였다.

그 터널은 빠져나가면 바로 왼쪽으로 커브를 틀어야 하고, 그 후에는 계속 심한 오른쪽 커브길이 계속된다.

기어를 내리고 속도를 늦추며 커브를 돌 준비를 하는데, 갑자기 앞쪽에서 보이던 불빛이 터진 것 같이 보였다.

"큰일이다"라고 직감하며 잔뜩 긴장한 선배가 터널에 도착했다.

그런데 갑자기 붉은 빛이 앞에서 날아왔다는 것이다.

놀란 선배는 반사적으로 눈을 감았다. 그리고 눈을 감기 직전, 빨간 빛 속에서 무서운 것을 봤다고 한다.

비스듬하게 굉장히 무서운 얼굴로 자신을 노려보는 여자의 얼굴이었다…….

다음 순간, 완전히 밀폐되어 있던 차 안으로 가볍게 공기가 흘러 들어오며 소리가 들렸다고 한다.

"……죽어버리면 좋을 텐데……."

소름 끼칠 정도로 낮은 여자의 목소리가 왼쪽 귀에 울려 퍼졌다.

선배는 겨우겨우 커브길을 지나 식은땀으로 시트를 적시며 집으로 돌아왔다.

다음 날 아침 얼마 자지도 못하고 다시 출근한 선배가 몇 시간 전의 이야기를 이야기했다고 한다. 놀라운 것은 "나도 그런 적 있어!"라고 말한 동료가 여러 명 있었다는 것이었다.

이것과 비슷한 이야기는 나도 여러 번 들었지만, 이것은 실존하는 도로에서 실제로 일어난 일이다.

계속 이어지는 오른쪽 커브길에는 옛날부터 추락 사고가 잦아 벼랑의 가장자리를 따라 콘크리트로 바리케이드가 쳐져 있다고 한다.

만약 이런 곳에 가게 된다면 부디 조심하기를.

# 신문

지금이 아침인가, 밤인가. 빛이 들어오지 않는 이 방에서는 그것조차 알 수 없었다.

어두운 표정으로 나는 컴퓨터 화면에 시선을 고정했다.

"똑똑."

"응."

문을 두드리는 소리에, 나는 뒤를 돌아보지도 않고 대답한다. 식기가 부딪혀 소리를 내는 것이 들렸다.

나는 지난 2년간, 엄마의 얼굴을 보지 않았다. 처음에는 사소한 것이 계기였다. 지금은 그 이유조차 떠올릴 수 없다. 누군가에게 무슨 말을 들었던 것 같지만, 무슨 말이었는지까지는 기억나지 않는다.

어쨌든 나는 방에 틀어박혀 있기 시작했고, 이윽고 집 밖으로 나가지 않게 되었다.

스스로는 전혀 실감이 나지 않는다. 가끔 초조해질 때도 있지만, 솔직히 현실적인 위기감이 있는 것도 아니다. 단지 멍하니 눈앞의 사실만을 받아들이자 이렇게 되었다.

뒤에서 접시가 놓이고 나서 몇 분 뒤, 나는 문을 열어 준비된 식사를 가져왔다. 딱히 특별한 메뉴는 아니지만, 매일 나를 위해서 엄마가 직접 만들고 있다고 생각하면 마음이 아프다. 오늘은 그다지 식욕이 없지만, 남기지 않고 먹기로 했다.

집에 이렇게 박혀서 두문불출하고 있는 내가 엄마에게 할 수 있는 유일한 효도는 식사를 남기지 않고 먹는 것뿐이다.

하지만 사실은 그렇지 않다는 것은 알고 있다. 집을 나서서 아르바이트라도 구하는 것은 마음만 먹으면 할 수 있을 것이다.

하지만 그럴 기분이 생기지 않는 것은, 이 어두운 방에서의 생활이 곧 나 자신의 본성이 되어버렸기 때문이리라.

그래, 나는 처음부터 이런 인간이었어.

그렇게 생각하면 조금 마음이 편해지는 것 같았다.

어느 날, 엄마가 음식 접시 옆에 신문을 두고 갔다. 아무런 특징도 없는 단순한 신문이었다.

어째서 두고 가신 걸까? 설마 이것을 읽으라는 것일까? 신문은 읽어서 어디다 쓰라는 걸까? 어차피 필요한 정보가 있으면 스스로 검색하면 될 텐데.

그렇게 생각하면서도 나는 신문을 손에 들고, 별생각 없이 대충 훑어보았다.

원래 책을 읽는 것을 싫어하는 성격은 아니었다.

신문지를 펼치자 마른 종이와 잉크의 냄새가 났다. 이 방과는 다른 냄새 같다는 생각이 들었다. 어떻게 설명하면 좋을지 모르겠지만, 이것은 마치 사회의 냄새 같았다.

매일 정해진 시간에 출근하고, 만원 전철에서 힘들어하며 야근을 하는 사람들. 그런 사람들을 위한 것이었다.

바로 던져버릴까 싶기도 했지만, 나는 대충 흥미가 있는 섹션만 읽어보기로 했다.

다음 날도 엄마는 신문을 놓고 가셨다. 그 다음 날도, 그 다음 날도, 매일같이. 점차 나도 신문을 읽는 것이 습관이 되었다.

엄마는 신문이 도착하자마자 그것을 나에게 가져다주었다. 그 덕에 나도 일찍 일어나게 되었다.

신문을 받아 가장 먼저 펼쳐보는 곳은 TV 편성표였다. 내 방에 TV는 없었지만 이렇게 오늘 어떤 프로그램을 하는지 보고 있으면 점점 요일이라는 것의 감각이 돌아온다.

해가 떠오르기 전에 자연스레 일어나고, 신문을 읽는다. 그렇게 하는 것만으로, 진짜 '사회인'이 된 것 같은 기분이 들었다.

신문을 읽는 습관이 자리 잡으면서, 점점 나의 생활은 규칙적으로 변해갔다. 밤을 새는 일도 줄어들었고, 아침이 되면 머리가 맑고 식욕도 생겼다. 식사를 하면 온몸에 기운이 가득 차오르는 것이 느껴진다.

인간은 원래 시간 감각에 따라 활동하는 생물이다. 생활이 규칙적으로 변하면, 자연히 심신의 기능이 돌아오는 것이다.

신문 안의 광고를 볼 때면, 내 안에서 조금씩 충동이 생겨나곤 한다.

밖에, 나가고 싶다.

이렇게 생각한 것도 얼마 만인지 모르겠다.

그날은 평소와 달랐다.

뭐랄까, 명확하지 않은 동기에 자극을 받았다.

엄마가 현관을 나서고 잠시 뒤, 나는 방을 나와서 집을 맴돌았다. 거울을 보니 잔뜩 자란 머리카락과, 오랜만에 보는 내 얼굴이 있었다. 우선 대충 몸가짐을 정돈하고 나는 문고리에 손을 댔다.

햇볕에 눈이 따갑다.

신문 구멍에는 아직 꺼내지 않은 신문이 있다.

분명 오늘도 내 방에는 신문이 왔는데……?

날짜를 보니 2005년 4월 8일 신문이다.

지금부터 2년 전인가? 대단히 낡은 신문이었다.

1면에는 자살 사건이 대문짝하게 실려 있다. 그리고 그 기사에, 내 시선이 박혔다.

'나카야마 시즈코(51), 사망.'

나카야마 시즈코……. 엄마의 이름이다.

혹시 같은 이름을 가진 사람이 아닐까 싶었지만, 신문에 있는 사진은 엄마의 것이었다.

방에 돌아와서 나는 몇 번이나 신문을 다시 읽었다. 하지만 몇 번을 봐도 거기 쓰여 있는 것은 변하지 않는다.

엄마는 돌아가셨다.

그렇다면, 지금까지 나에게 식사를 가져다주고, 신문을 준 사람은 누구란 말인가.

손이 떨려오기 시작했다.

"철컥."

현관문을 여는 소리가 들렸다. 반사적으로 나는 그 자리에서 웅크렸다.

계단을 올라오는 소리가 들린다. 점점 그 소리는 커져서, 내 방 문 앞에서 멈췄다.

"똑똑."

문을 두드리는 소리가 들렸다.

나는 대답하지 않았다.

그리고 두 달이 지났다.

신문이 도착하는 시간이 되면 일어나는 것은 여전하지만, 나는 이불 속에서 숨을 죽인다.

아직도 나는 이 동거인이 누구인지를 모른다…….

# 영능력자

　　어느 텔레비전 프로그램에서 영능력자가 행방불명된 아버지의 행방을 찾아낸다고 하는 특별 기획을 꾸몄다.

　　평소에도 괴담이나 심령사진을 분석하던 방송이었지만, 이번에는 특별히 실제 사건을 대상으로 해서 시청률을 끌어올릴 심산이었던 것이다.

　　게다가 출연하는 영능력자 역시 과거 경찰에게 사건의 실마리를 조언해준 것으로 유명세를 얻은 인물이라, PD는 시청률 대박을 기대하며 잔뜩 흥을 내고 있었다.

　　프로그램은 먼저 간단한 인터뷰로 시작되었다.

　　엄마, 아들, 딸의 세 명 가족이었다.

　　엄마와 자식들은 예상했던 대로 울면서 아버지에 관한

이야기와 함께 꼭 아버지를 찾아달라고 부탁했다.

"역시 좋은 기획이었어!"

PD는 기뻐했다.

그리고 영능력자인 여자가 나와 정신을 집중하고 기를 모으기 시작했다. 이른바 사이코메트리, 즉 물건으로부터 사용자에 관한 기억을 읽는 능력이 있는 여자였기 때문에 아버지의 옷과 여러 소지품이 그녀에게 주어졌다.

옷을 꽉 쥐는 영능력자.

긴 침묵.

침묵.

……침묵.

또 침묵.

……난처했다.

평소에는 아무 말이나 막 늘어놓는다고 투덜댈 정도로 말이 많았던 영능력자가 어째서인지 오늘만은 기대를 벗어나 아무 말이 없었다.

난처해진 PD는 열심히 발언을 이끌어내려고 앞에서 사인을 보냈지만 소용이 없었다. 영능력이나 사라진 아버지에 관한 발언은 결코 그녀의 입에서 나오지 않았다.

……스탭들도 모두 표정이 어두워졌다. 이래서는 프로

그램을 만들 수 없다.

PD는 완전히 패닉에 빠져버렸다.

"기획을 완전히 바꿔야겠어. 어쩌지…… 분명 안 좋은 소리를 들을 텐데……."

돌아가는 버스 안의 스태프들은 모두 말이 없었다. 그런 가운데 PD는 방송국에 전화를 해 한참 꾸중을 듣고 있었다.

어쩔 수 없이 돌아가는 대로 새로 기획을 만들어 스튜디오 안에서 다시 촬영을 해야만 할 것 같았다.

그런데 낙담하며 전화를 받고 있는 PD에게 천천히 영능력자가 다가왔다. 그리고 PD가 전화를 끝내는 동시에 중얼댔다.

"살해당했어요……."

"네?"

"살해당했어요. 저 가족한테."

"가족에게요?!"

"살인자들 앞에서는 도저히 말할 수 없었어요……. 뒷산의 토관 같은 것 안에 묻혀 있을 거예요……."

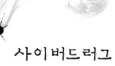

# 사이버드러그

사이버드러그, 즉 귀로 듣는 마약이라는 것을 알고 있는가?

이름대로 듣다 보면 마치 마약을 한 것 같이 각성 상태가 되어버린다고 한다. 법적으로는 딱히 규제할 방법이 없어서, 인터넷 상에서 여기저기 널려 있다. 하지만 그렇다고 가벼운 마음으로 손을 대서는 절대 안 된다.

벌써 몇 년 지난 일이기 때문에 이제는 다른 사람들에게 이야기해보려고 한다.

내가 대학교에 다닐 때의 일이다. 나는 시골에서 도쿄의 어느 사립대학으로 진학했다. 수수한 편이었던 나는 무난하게 1학년을 마치고, 2학년으로 진급했다.

당시 사이가 좋던 친구로 A라는 녀석이 있었다. A는 나와는 달리 밝고 쾌활한 녀석으로, 여자 친구도 사귀고 있었다.

나와 A는 둘 다 테크노나 트랜스 음악을 좋아했기에 쉽게 친해질 수 있었다. A는 종종 인터넷에서 괜찮은 노래를 찾아 나에게 들려주곤 했었다.

그러던 어느 날, A가 나에게 말했다.

"굉장한 음악을 찾았어! 확실히 트랜스 상태에 빠질 수 있다구!"

또 인터넷에서 무언가를 찾은 것 같았다.

"뭐야, 그게? 또 괜찮은 노래를 찾은 거야?"

"그런 게 아니라, 사이버드러그야!"

나는 그 이름에 우선 호기심이 끌렸다. 나는 A에게 물어보았다.

"드러그라면 마약 아니야? 어째서 그런 게 인터넷에 있는 거야?"

"그냥 단순한 소리야, 소리. 뭐랄까, 좌우의 귀에 서로 다른 주파수의 소리를 들려주면 최면 상태가 된다는 거야. 진짜 좋으니까 한번 들어봐!"

나는 A가 내민 이어폰을 받아 조심스럽게 들어보았다.

그 소리는 시냇물 소리같이, 물이 졸졸 흐르는 소리를 배경으로 깔고 기계적인 삑삑거리는 소리가 높아졌다 낮아졌다 하면서 반복되는 기묘한 것이었다.

"뭐야, 이게? 이런 걸로 각성이 된다고?"

기묘한 소리와 흥분된 기색으로 말하는 A가 기분 나빴다. 나는 바로 헤드폰을 벗고 다시 책을 읽기 시작했다.

이때 A를 말렸다면 얼마나 좋았을까. 단지 이상한 소리라고만 생각해서, 무시해버렸던 것이 지금도 후회스럽다.

2학년이 되자 수업도 어려워지고, 실험과 실습도 필수 과목이 되었다.

그런데 그 와중에 A가 갑자기 계속해서 학교를 빠지기 시작했다. 처음에는 이틀 정도 있다가 다시 나오더니, 나중에는 일주일씩 학교를 빠지기까지 했다. 당연히 걱정이 된 나는 A에게 전화를 걸었다.

"야, A. 요즘 안 보이는데 무슨 일 있어?"

뜻밖에도 A의 목소리는 평소와 같았다.

"아, 그게…… 동아리 활동이랑 아르바이트가 너무 바빠서 말이야. 나중에 필기한 것 좀 보여줘, 부탁할게!"

그리고 나는 문득 알아챘다. A의 방 안에는 계속 음악이 울려 퍼지고 있었다. 그것은 지난번 들었던 그 기묘한 사이버드러그였다.

결코 무시하고 지나갈 수 없었다. A는 그 소리에 사로잡혀 있는 것 같았다.

나는 인터넷에서 사이버드러그에 관한 것들을 찾아본 뒤, 다시 A에게 전화했다.

"A, 너 혹시 아직도 그때 그거 듣고 있는 거야?"

"아, 듣고 있어! 하루 종일 각성 상태여서 지치지도 않는다구!"

"미안하지만 그 사이버드러그라는 건 암시에 빠지기 쉬운 사람이 들으면 정말 위험하대."

"그건 그래. 이걸 듣고 있으면 여자 친구랑 섹스하는 것 같다구."

"야, 장난이 아니야. 그거 정말 그만 듣는 게 좋아."

"뭐? 어째서 그만두라는 거야? 위법도 아니잖아."

"법 같은 게 중요한 게 아니잖아. 너 지금 그것 때문에 학교도 안 나오고 있잖아. 그만두라니까!"

"어째서 내가 네 명령 같은 걸 들어야 하는 거야? 전화 끊어!"

A는 정말 화를 내고 있었다.

A는 밝고 조금 경솔한 녀석이었지만, 친구들에게는 언제나 좋은 모습만을 보여줬었다. 그 소리가 A에게 영향을 미치고 있는 것은 확실했다.

시간이 지남에 따라 A가 이상하다는 것을 주변 사람들도 느끼기 시작했다.

가장 먼저 그것을 알아챈 것은 물론 A의 여자 친구인 B였다. B는 우리 누나의 후배여서, 누나가 여동생처럼 아꼈기 때문에 나와도 잘 아는 사이였다.

그 B가 우리 누나에게 상담을 했던 것 같다.

평소에도 B는 누나와 자주 상담을 했었지만, 이때는 정말 진지하게 고민하는 것 같았다고 한다. 물론 A의 일이었다. 밤에 A가 매일 같은 음악을 틀어 놓고 있다는 것이었다. 그것도 단순한 곡이 아니라 기계적인 괴상한 곡이었다고 한다.

그 음악을 듣고 있을 때는 A는 보통 때와 같이 상냥하다고 한다. 하지만 음악을 끄려고 하면 즉시 이성을 잃고 화를 내며, 심지어는 폭력을 휘두르기까지 한다는 것이었다. 최근에는 그 정도가 점점 심해져서 B에게 억지로 섹스를 강요하기까지 했다는 것이었다. 물론 그 와중에도 음악은 켜놓은 채였다고 한다.

누나는 무척 화를 냈다. 그리고 경찰에 가라고 B에게 충고했다. 그렇지만 B는 경찰에 신고하지는 않았다. 아직 옛날의 A로 돌아갈 수 있을 것이라고 믿었던 것이다.

그것은 나 역시 마찬가지였다.

B는 누나에 이어 친구인 나에게 상담을 했다. 나는 B에게 사이버드러그에 관한 것을 말해줬다. 그 소리 때문에 A가 바뀌었다는 것과 어떻게 해야 A를 원래대로 돌려놓을 수 있을지에 관한 논의 끝에, 나와 B는 결론에 도달했다.

그 결론이란 A의 방에 가서 사이버드러그를 강제로 꺼버리는 것이었다.

나는 그렇게 근육질은 아니었지만, 기초 체력은 어느 정도 있는 편이었다. 만약 A가 반항하더라도 어떻게 제압할 수 있을 것이라는 생각에, 우리는 누나에게 차를 빌려 세 명이서 A의 방으로 향했다.

A의 방은 아파트 2층이었다. 나와 B는 서서히 계단을 올라 방 앞에 섰다. 문은 열려 있었고, 안에는 거의 폐인이 된 A가 있었다.

방 안에는 그 기묘한 음악이 큰 소리로 울려 퍼지고 있었다. 그 안에서 A는 황홀한 표정을 짓고 있었다.

"어라, B야?"

나는 무시하고 있는 것 같았다.

한마디 하려는 순간, 있을 수 없는 일이 내 눈 앞에서 벌어졌다. A가 억지로 B를 범하려고 한 것이었다.

"이 자식, 뭐하는 짓이야!"

깜짝 놀라 소리조차 못 내는 B를 보자, 나는 언성을 높이며 A를 발로 밀쳤다.

그리고 나는 오디오로 달려고 그대로 스위치를 꺼버렸다. 음악이 꺼지며 방 안이 조용해졌다.

웅크리고 있던 A는 조용히 얼굴을 들고 나를 보았다. 그 얼굴에 떠오른 감정은 분노도, 미움도 아니었다. 그저 무표정일 뿐이었다.

지금도 가끔 악몽에 그때 A의 얼굴이 나오곤 한다. 인간다운 감정도, 따뜻함도 전혀 느껴지지 않는 벌레 같은 얼굴이었다.

A는 그 얼굴 그대로 부엌으로 뛰어들었다.

B가 울부짖었다.

"A, 그만둬!"

A의 손에는 부엌칼이 들려 있었다.

생각할 시간 따위가 없었다. 기겁하고 있는 옆의 B를 일으켜 문으로 달렸다.

A는 부엌칼을 든 채 뒤쫓아왔다. 게다가 A는 신음처럼 소리를 내고 있었다.

"뚜, 뚜, 뚜, 뚜."

A는 사이버드러그를 소리로 재현하고 있었다.

정말로 위험했다.

무표정한 채 부엌칼을 들고, 기계처럼 소리를 내며 쫓아오는 A.

계단을 내려갈 시간조차 없었다.

다행히 2층이었기에, 나는 B를 안고 뛰어내렸다. 도로 바닥에 굴렀지만, 곧 일어섰다.

다리의 통증은 무시한 채 필사적으로 도망쳤다. 등 뒤에서 A가 뛰어내리는 소리가 들리고, 발소리가 점점 다가왔다.

차에서 대기하고 있던 누나는 갑자기 B를 데리고 달려온 나를 보면서 놀라면서도, 순간적으로 차에 시동을 걸었다. 간발의 차로 나와 B는 차에 올라탔다.

"뚜, 뚜, 뚜, 뚜."

그 소리는 바로 등 뒤까지 들려왔었다.

나는 겨우 살았다고 생각했다.

하지만 놀랍게도 A는 차를 뒤따라왔다. 나는 A의 얼굴이 보고 싶지 않아 계속 웅크리고 있었지만, A는 계속 나를 바라보고 있었을 것이다.

"누나, 아직 쫓아오고 있어! 좀 더 빨리 가!"

그리고 교차로를 엄청난 속도로 달려 나가기 시작할 때, 뒤에서 소리가 났다.

쾅!

A가 우회전을 하던 차에 치이는 소리였다.

A는 죽지는 않았다. 하지만 A를 알던 사람들에게는 차라리 죽는 게 좋았을지도 모를 비참한 결말이 남아 있었다.

A가 부엌칼을 가지고 있었기 때문에, 우리 세 명은 경찰서에서 사정 청취를 해야만 했다. 물론 모든 것을 이야기했다.

경찰관에게 사이버드러그는 반드시 단속해야 한다고 이야기했다. 상냥했던 A를 저런 괴물로 만든 것이 인터넷에 널려 있다니, 도저히 믿을 수가 없었다.

우리들은 시간이 지나면서 자신의 길을 가고 있다. 그렇지만 A는 아직도 정신병원에 입원해 있다.

지난번에 면회를 갔었지만, 말도 하지 않는 것 같았다. 나는 담당 의사에게 회복할 수 있는지 물었다.

"약물 중독이라면 그 화학 성분을 몸에서 모두 배출하

면 의존에서 벗어날 기회를 얻을 수 있어요. 하지만 단순한 소리의 경우에는 본인이 직접 낼 수가 있어서…… 아무래도 힘들 것 같아요."

A는 지금도 정신병원의 개인실에서 소변을 관으로 배출하며, 입에서 소리를 내며 황홀함에 잠겨 있다.

"뚜, 뚜, 뚜, 뚜……."

# 방문

A와 B, 두 청년이 드라이브를 하고 있었다.

그런데 갑자기 차 앞으로 무엇인가가 뛰어들었다.

"위험해!"

당황해서 차에서 내린 두 사람.

"우우……."

신음이 들려왔다. 아무래도 사람을 친 것 같았다.

그렇지만 두 사람은 기묘하게도 안심하고 있었다. 그들이 치었던 것은 동네에서 유명한 정신 나간 노숙자였던 것이다. 젊은이들에게 있어서는 길가의 도둑고양이와 같은 수준의 존재였다.

"아아, 이 양반이었나!"

"아, 미안해, 아저씨!"

가볍게 말하고 웃으면서 두 사람은 차를 타고 갔다.

다음 날, 자취를 하던 A는 집에서 여자 친구와 술을 마시고 있었다. 밤이 깊어져서, 집에 돌아가겠다는 여자 친구를 배웅하고 슬슬 자려고 할 때 휴대전화가 울렸다.

B였다.

"야, A! 너 지금 어디에 있어!"

쓸데없이 허둥대는 B의 목소리에 기분이 나빠져서 A는 대답했다.

"나? 집이야, 집. 자려고 하는데 무슨 일이냐?"

B는 여전히 허둥거리며 다음과 같은 이야기를 했다.


B는 A와 가까운 곳에서 자취를 하고 있었다. 집에서 잠을 자려고 침대에 누워, 서서히 의식이 희미해져 갈 무렵 누군가 문을 두드렸다고 한다.

"똑똑똑…… 야! 나 A야! 문 좀 열어줘!"

B는 이렇게 늦은 시간에 연락도 없이 찾아온 A에게 짜증을 내며 조용히 현관으로 나갔다고 한다. 문을 갑자기 열어서 늦은 시간에 무례하게 찾아온 A를 놀래키려는 생각이었다고.

"똑똑똑…… 야! 나 A야! 문 좀 열어줘!"

B는 문 앞에 서서 몰래 문구멍으로 A의 위치를 확인하려 했다.

그리고 B는 놀라서 굳을 수밖에 없었다.

거기 서 있던 것은 A의 목소리가 녹음된 테이프를 재생하면서 문을 두드리고 있는, 어제 A와 B가 치고 지나갔던 노숙자였다.

B는 소리도 못 내고 다만 눈을 문구멍에 붙인 채 서 있을 수밖에 없었다.

얼마나 지났을까, 노숙자는 테이프를 멈췄다.

"여기, 없어, 없어."

그리고 노숙자는 사라졌던 것이다.


"어이구, 그러서? 무서워서 죽겠네."

하지만 술도 마셨겠다, 기분도 안 좋았던 A는 B의 이야기를 무시할 뿐이었다.

"바보 같은 놈아! 거짓말이 아니야! 그 노숙자, '여기'라고 말했으니까 다음은 너희 집……."

딩동.

A네 집의 초인종이 울렸다.

"아, 여자 친구가 뭘 놓고 갔나 보다. 알았으니까 내일 보자. 잘 자!"

"야, 기다려! 끊지 마!"

A는 억지로 전화를 끊었다.

딩동.

다시 초인종 소리가 울렸다.

"야, A!"

"그래, 그래. 지금 열게⋯⋯?!"

딩동.

"야, A!"

밖에서 B가 기분이 나쁠 때 A를 부르던 목소리가 들려왔다.

순간 A의 사고가 멈췄다.

몇 초나 지났을까.

곧이어 문을 두드리는 소리와 들어본 적 없는 웃음소리가 울려 퍼졌다.

"쾅쾅쾅! 있구나있구나있구나있구나있구나있구나있구나!"

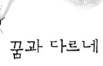

# 꿈과 다르네

교통사고를 당하는 아주 생생한 꿈을 꿨다.

매일 아침 타고 다니던 버스가 트럭과 정면으로 충돌해서 불이 난다. 모두들 몸에 불이 붙은 채 괴로워하고 있는 도중 창밖으로 시선을 돌렸다.

그러자 머리가 길고 잇몸을 잔뜩 드러낸 기분 나쁜 여자가 그 광경을 보며 음산하게 히죽히죽 웃고 있다. 여자가 내 쪽을 보고, 나와 눈이 마주치는 순간 나는 잠에서 깼다.

기분 나쁜 꿈이었다. 너무 실제 같아서 소름이 쫙 끼치며 온몸에 식은땀도 흐르고 있었다.

아침부터 기분이 나빴지만 나는 평소처럼 준비를 하고 평소와 같은 시각에 집을 나섰다. 그리고 평소처럼 버스

정류장에 도착해서 버스를 기다리고 있었다.

그때, 나는 무엇인가 굉장히 기분 나쁜 예감에 사로잡혔다.

머릿속에 아침에 꿨던 꿈이 불현듯 떠올랐다.

설마……. 그건 꿈일 뿐인 데다 이번 버스를 놓치면 학교 지각하는데…….

그렇게 생각하고 있는 사이, 버스가 도착했다.

나는 망설였다.

버스 문이 열린다. 사람들이 잇달아 버스에 올라탄다.

하지만 결국 나는 버스에 타지 않았다. 차라리 지각을 각오하고 그냥 걸어서 가기로 했다.

'에휴~ 그깟 꿈 때문에 지각을 자초하다니…… 정말 바보 같아.' 그렇게 생각하며 터덜터덜 걸어서 학교로 가고 있는데, 순간 엄청난 폭발음이 들렸다.

사람들이 저 앞에서 웅성이며 몰려들고 있었다.

급히 반사적으로 앞으로 달려 나간 나는 다리가 땅에 얼어붙고 말았다. 내가 아침에 꿈에서 본 광경이 실제로 그곳에 있었던 것이다. 주변은 불바다인 채 사람들이 여기저기서 신음하고 있다. 정말로 지옥같이 처참한 광경이었다.

어안이 벙벙해져 있는데, 누군가 나의 어깨를 톡톡 쳤

다. 뒤를 돌아보니 어디에선가 본 여자가 서 있었다. 긴 머리에 이상하다 싶을 정도로 잇몸을 드러낸 여자다.

"이상하네. 꿈에서는 너도 죽었었는데⋯⋯."

여자는 그렇게 중얼대면서 기묘한 웃음을 흘리며 사라졌다.

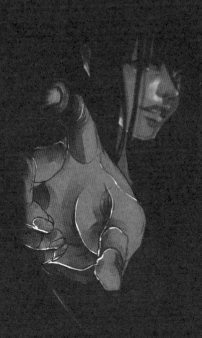

# 새벽의 엘리베이터

바로 며칠 전의 일이다.

그날 아침, 나는 여느 때처럼 정장을 입고 출근을 준비하고 있었다. 엘리베이터 앞에서 버튼을 누르고, 도착하기를 기다렸다.

디지털로 표시된 글자가 맨 꼭대기인 8층에서부터 점점 내려왔다. 나는 빛나는 아래쪽 화살표를 바라보며, 덜 깬 아침잠으로 인해 꾸벅꾸벅 졸고 있었다.

왠지 느린데…….

문득 정신을 차렸을 때, 엘리베이터의 문자판은 1층을 가리키고 있었다. 도대체 뭘 멍하니 있던 거야, 나란 놈은. 나는 나의 멍청함을 탓하며 한 번 더 버튼을 눌렀다.

그러나 문자는 1에서 변할 기색이 없었다. 조금 초조해진 나는 몇 번이고 다시 버튼을 눌렀지만, 엘리베이터는 움직일 기색이 없다.

아침부터 고장인가…….

여름부터 들어와 살고 있는 이 맨션은, 재개발을 거친 건물이었다. 낡은 건물을 콘크리트 구조만 남기고 내부와 외부를 모두 재건축한 것이었다.

밖에서 보기에는 새로 지은 것 같지만, 건물 자체는 낡은 셈이었다.

원래 건물이 낡다 보니 이런 일이 많은 걸까…….

나는 약간 불안함을 느끼며 엘리베이터 타는 것을 포기하고 계단으로 내려가기로 했다.

1층까지 내려와 엘리베이터를 보자, 여전히 문자판의 표시는 1인 채 문이 닫혀 있었다. 버튼을 눌러 보았지만 역시 아무런 반응이 없었다.

나는 출근하며 관리실에 들러서 엘리베이터가 고장 났다는 것을 알렸다. "바로 정비 회사에 연락해서 고치겠다"며 관리인은 미안한 듯 말했다.

전철에 올라탈 무렵, 이미 나는 아침의 일은 잊어가고 있었다.

그날은 제출 자료의 핵심인 수치 산출을 하는 날이었다. 아무래도 시간이 꽤 걸리다 보니 새벽까지 야근을 해야 했다.

회사를 나와 택시를 타고 맨션에 도착했을 때는 이미 새벽 두 시 반이 넘었을 때였다. 지친 발걸음으로 맨션의 입구에 들어섰을 때, 나는 아침의 사건을 떠올렸다.

아직 엘리베이터가 안 고쳐졌으면 6층까지 걸어가야 하나……. 그런 생각을 하며 엘리베이터의 앞으로 갔다.

조심스레 버튼을 누르자, 화살표 버튼이 빛나며 문이 열렸다. 나는 다행이라고 생각하며 엘리베이터에 올라타서 6층 버튼을 눌렀다.

문이 닫히고, 엘리베이터가 움직이는 것이 느껴졌다.

옷 갈아입고 바로 자자. 그렇게 생각하며, 6층으로 올라가는 문자판을 보고 있었다.

……3……4……5……6…….

그런데 황당하게도 예상과 다르게, 엘리베이터는 6층을 넘어서도 계속 올라가고 있었다. 6층 버튼은 여전히 빛난 채 그대로였다.

7…….

그 상황에서 내가 먼저 느낀 감정은 분노였다. 방금 전까지 안도하고 있던 마음은 온데간데없이 사라지고, 내일 아침 관리인에게 잔뜩 화를 내야겠다는 생각뿐이었다.

하지만 곧바로 이 엘리베이터가 무슨 문제가 있는 건 아닌가 하는 불안이 떠올라 조금 무서워졌다.

8…….

맨 꼭대기인 8층에 도착하고 몇 초가 지나자, 문자판의 숫자가 사라지고 엘리베이터가 멈췄다.

그러나 문은 열리지 않았다. 6층 버튼의 빛도, 문자판과 함께 꺼져버렸다.

나는 열림 버튼을 계속 눌렀다. 하지만 아무 반응이 없었다. 그래서 모든 층의 버튼을 하나하나 있는 힘껏 다 눌러보았다.

엘리베이터는 어떠한 반응도 나타내지 않았다. 심지어 버튼에 불조차 들어오지 않았다.

나는 혼자 힘으로 탈출하는 것을 포기하고, 비상 버튼을 눌렀다. 그러자 지지직거리는 스피커의 잡음 같은 것이 희미하게 들리기 시작했다. 나는 분명 어딘가에 연결이 된 것이라고 생각하고, 응답을 기다렸다.

그러나 3분 정도가 지났는데도 대답이 없었다. 나는 조금 초조해져서 그 버튼을 마구 눌렀다.

"······네."

가까스로 스피커에서 여자의 목소리가 들렸고, 나는 마음을 놓았다.

"미안합니다만 엘리베이터가 움직이지 않아서 안에 갇혀버렸는데, 어떻게 할 방법이 없을까요?"

나는 대답을 기다렸다. 그러나 아무리 기다려도 소리는 나지 않고, 희미한 잡음만이 들려올 뿐이었다.

"저기요. 제 목소리 안 들리세요?"

한 번 더 물어봤지만 역시 응답이 없었다. 지지직거리는 소리만 엘리베이터 안에 울려 퍼졌다.

그리고 30초 정도 지났을까. 그 잡음 사이에 무엇인가 이상한 소리가 섞여 들리기 시작했다.

몇 초마다 들려오는 희미한 소리.

나는 그것을 알아듣기 위해 귀를 기울였다.

그것은 기묘한 소리였다. 끄끄거린달까, 꽥꽥거린달까. 소리라고 하기도 힘든 것이었다. 그것이 몇 초 간격으로 희미하게 들려왔다.

그 소리는 마치 어릴 적에 장난으로 개구리를 밟았을 때 나던 소리를 떠올리게 했다. 그 소리가 몇 번 정도 계속된 것인지는 모르겠지만, 갑자기 소리가 끊겼다.

회선이 끊어진 것 같았다.

나는 다시 버튼을 눌렀지만, 더 이상 아무런 반응도 없었다. 나는 엘리베이터 문을 밀거나 열어젖히려 했지만, 문은 쉽게 열리지 않았다.

휴대전화를 꺼냈지만 엘리베이터 안이어서인지 전파가 잡히지를 않았다. 야근 때문에 피곤했던 나는 탈출하기 위해 힘을 쓰는 것이 점점 힘들어졌다.

결국 나는 아침에는 누군가 엘리베이터가 고장 난 것을 눈치챌 것이라 생각하고 바닥에 주저앉았다. 가방에서 마시다 넣어뒀던 생수병을 꺼내 한입 마셨다.

손목시계를 보니 시간은 이미 새벽 세 시였다. 아침에 사람들이 출근하려면 적어도 세 시간은 기다려야 하나……. 그렇게 생각하며, 일단 조금 쉬기로 했다.

복잡한 생각은 그만두고 눈을 감으려 하는데, 또 희미하게 소리가 들려왔다. 눈을 뜨자 엘리베이터의 문이 열려 있었다. 나는 그것을 보고 마음 깊이 안도했다. 그리고 내가 했던 온갖 헛수고를 떠올리며 자조 섞인 웃음을 지었다.

다시 고장 나면 큰일이라는 생각에, 나는 허둥대며 가방을 어깨에 메고 엘리베이터에서 나왔다.

그런데 엘리베이터를 나온 직후, 나는 내가 이상해진

것인가 하는 생각과 함께 현기증 때문에 넘어질 뻔했다.

등 뒤에서는 엘리베이터 문이 닫힌 것이 느껴졌다.

내 눈 앞의 풍경은 평소와 전혀 다른 모습이었다.

왼편에 안쪽까지 늘어선 방문과 창문들. 오른편에 보이는 야경. 이것 자체는 변함이 없다.

하지만 왼편에 늘어선 문들은 평상시 보아오던 새 것이 아니라, 매우 오래된 것 같은 낡고 무거운 철제문이었다.

깨끗한 타일이 붙여져 있었던 외벽은, 군데군데 금이 가고 페인트가 벗겨져 무너질 것 같은 회색의 시멘트벽으로 변해 있었다.

그리고 멋진 조명으로 비추고 있던 전구는 사라지고, 몇 개의 낡은 형광등이 당장에라도 꺼질 것 같이 불규칙하게 깜빡이고 있었다.

이 믿을 수 없는 광경을 보자 등에 지금까지 느껴본 적 없는 한기가 서려왔다. 나는 한시라도 빨리 이곳에서 도망가기 위해 엘리베이터의 버튼을 마구 눌렀다.

하지만 엘리베이터는 또 아무런 반응이 없다. 나는 엘리베이터 타기를 포기하고, 계단으로 내려가기로 했다.

하지만 계단 앞에는 두꺼운 방화문으로 막혀 있어, 밀고 당겨봐도 꿈쩍도 하지 않았다.

휴대전화로 도움을 구하려 했지만, 화면에는 본 적 없는 에러 표시만 나오고 아무런 반응이 없었다.

이곳에서 도망가기 위해 나에게 남은 유일한 수단은, 엘리베이터 반대쪽에 있는 또 하나의 계단뿐이었다.

그러나 거기까지 가기 위해서는 그 기분 나쁘게 이어진 낡은 방들 앞을 지나가야만 한다.

나는 그것이 너무 싫었다. 원래 내가 살던 맨션과 같은 구조인지도 명확하지 않았다. 하지만 그렇다고 엘리베이터 앞에서 계속 서 있을 수도 없었다.

결국 나는 안쪽을 향해 천천히 걷기 시작했다. 그대로 서 있느니 한시라도 빨리 이곳을 떠나고 싶었다.

창문, 문, 창문.

창문, 문, 창문…….

문 하나를 사이에 두고 창문이 두 개. 이 구조는 내가 사는 맨션과 같은 것이었다. 그렇다면 계단까지 가기 위해서는 여덟 개의 문을 지나가야 한다.

흐릿하게 명멸하는 형광등 때문에 안쪽이 잘 보이지 않았지만, 어째서인지 같은 구조라는 예측이 맞을 거라고 나는 확신하고 있었다.

소리를 내지 않기 위해 신중하게 주위를 살피며 천천히

걸었다. 깜빡이는 형광등의 빛이 금이 간 벽이나 녹슨 문을 기분 나쁘게 비춘다. 창문은 닫혀 있고, 창의 격자는 잔뜩 녹슬어 있다.

첫 번째 문을 지날 무렵, 나는 오른편에 보이는 야경의 변화를 눈치챘다. 수도권인 이곳은 아무리 새벽이라고 해도 불이 켜진 곳이 많을 터였다. 이 맨션 주변만 해도 가로등이나 아직 자지 않는 사람의 집에서 빛이 보일 것이다.

하지만 오른편에 보이는 것은 완전한 어둠뿐이었다. 빛은 하나도 안 보였다. 새벽 세 시라고는 해도 등불 하나 켜져 있지 않을 리가 없다.

나는 더욱 겁에 질렸다. 이상한 세계에 혼자 떨어진 것이라는 생각이 들 뿐이었다. 나는 근거도 없이 이 앞에 있는 계단이 출구라고 믿었다.

두 번째 문을 통과할 때, 나는 앞에서 무엇인가의 낌새를 눈치챘다. 그것은 소리였다. 규칙적인 소리가 희미하게 들린다. 들어본 적이 있는 소리다.

그것은 엘리베이터의 스피커에서 들려왔던 그 소리다. 정적 속에 그 개구리를 밟는 것 같은 소리가 희미하게 들려온다.

그 소리는 아무래도 세 번째 방 근처에서 들려오는 것

같았다. 앞으로 나아갈 때마다 그 소리는 조금씩이지만 분명히 들려왔다.

나는 세 번째 문 근처에 멈춰 섰다. 그 문 끝에 있는 창문이 열려 있는 것 같다. 소리는 거기에서 들려오고 있었다.

조금씩 창문에 가까워졌다. 창문은 반쯤 열려 있다. 나는 격자 너머로 살그머니 창을 들여다보았다.

들여다본 방은 깜깜했지만, 안쪽 방의 문은 열려 있었고 그 앞의 방에서는 희미한 빛이 보였다.

안쪽 방에서 사람이 움직이는 것이 보였다.

머리가 긴 여자가, 등을 돌리고 앉아서 양손을 높이 들었다 흔들며 내리고 있었다. 일심불란하게 머리카락을 흐트러트리며, 여자는 몇 번이고 양손을 흔들며 올렸다 내리고 있었다.

손을 내릴 때마다 들려오는 개구리의 단말마.

자세히 보니 여자는 사람을 올려놓고 있는 것 같았다. 여자의 것이 아닌 다리가 이쪽 방향으로 보이고 있다. 그리고 높이 치켜세운 양손에는 부엌칼이 들려 있다.

마음껏 내려 찍히는 부엌칼.

켁켁거리는 소리는 폐가 찍혀서 충격으로 새어 나오는 소리일 것이다.

아래에 있는 사람은 미동조차 없다.

하지만 여자는 신경 쓰지 않고 부엌칼을 계속 내리 찍는다.

그것을 알아차린 나는 무심코 뒤로 물러났다. 끼익 하고 바닥에 구두가 끌리는 소리가 났다. 나는 반사적으로 입을 가리고 몸을 숨겼다. 그리고 귀를 기울여서 방 안의 소리에 정신을 집중했다.

심장은 미친 듯 뛰어서 박동이 밖에까지 들려올 것 같았다. 마음을 안정시키려 노력하며, 나는 귀를 쫑긋 세웠다. 내 심장 소리 외에는 아무것도 들리지 않았다.

안정을 되찾은 나는, 자세를 낮추고 신중히 그곳을 빠져 나가려고 했다. 그리고 나는 깨달았다.

지금, 아무 소리도 나지 않고 있다는 것을.

그 순간 안쪽에서 다다다닥 하고 현관을 향해 엄청난 기세로 달려오는 소리가 들려왔다.

나는 순간적으로 계단을 향해 달리기 시작했다.

네 번째 문을 지나갈 무렵, 뒤에서 쾅하고 무거운 문을 거칠게 연 소리가 들렸다. 그리고 뒤에서 발소리가 들려왔다. 뒤를 돌아볼 여유조차 없이 나는 필사적으로 앞만 보고 달렸다.

죽을힘을 다해 뛰고 있는데도 발소리는 점점 더 가까워졌다.

여섯 번째 문쯤 오자 이미 발소리는 내 바로 뒤에서 들리고 있었다. 심장과 폐가 터질 것만 같았다.

일곱 번째 문을 지나치자, 계단이 보였다. 저기까지만 가면 살 수 있어. 계단으로 가면 안전하다는 보증이 있는 것도 아닌데, 나는 그렇게 믿으며 달렸다.

마지막 문을 통과할 무렵, 뒤에서 들려오는 발소리는 바로 내 옆에서 들려오고 있었다. 당장에라도 부엌칼이 등에 꽂힐 것 같은 공포에, 나는 아무 소리나 지르며 달렸다.

그리고 계단을 한 번에 뛰어내리려고 한 순간, 나는 뒤에서 무엇인가가 나를 잡는 것을 느꼈다. 하지만 어떻게든 계단으로 온 힘을 다해 뛰어내렸다.

몸의 밸런스가 무너져 이상한 자세로 공중으로 날아올랐다. 그리고 등에 강한 충격이 느껴졌다.

순간적으로 계단 위에서 끔찍한 얼굴로 나를 노려보는 여자가 보였지만, 나의 의식은 곧바로 희미해졌다.

정신을 차렸을 때는 이미 아침이었다. 당황해서 주변을 살폈지만, 평상시와 똑같았다.

몸이 여기저기 아팠지만, 걸을 수 없을 정도는 아니었

기에 나는 천천히 계단으로 내려갔다.

아무래도 나는 8층과 7층 사이의 계단에서 정신을 잃고 있었던 것 같았다.

시계를 보자 아침 여섯 시였다. 집에 겨우 도착하자 집에 들어오지 않은 나를 걱정했던 것인지 바로 아내가 나왔다.

몸을 겨우 움직이는 나를 보고 놀라서 소리를 질렀다. 아내는 무슨 일이냐고 물었지만, 도저히 그 사건을 믿어주지 않을 것 같아서 술에 취해 계단에서 떨어진 채 자버렸다고 했다. 아내는 의아한 얼굴이었지만, 곧바로 타박상을 응급처치해주었다.

그날은 도저히 회사에 나갈 몸 상태가 아니었기에 나는 회사를 쉬었다.

만약을 위해 병원에 가자고 아내에게 말했다. 아내에게 의지하면서 엘리베이터의 앞에 왔을 때, 나는 무서워서 도망치고 싶었지만 이상하게 보일까 봐 꾹 참았다.

엘리베이터는 평범하게 도착해서 우리를 아래로 옮겨다 주었다. 그 사이, 나는 고통조차 잊을 만큼 초긴장 상태였다.

입구에는 관리인이 있었다. 관리인은 아내에게 부축받고 있는 나를 보고 걱정하며 말을 걸어왔다.

나는 엘리베이터에 관해 물었다.

어제 정비 회사에서 사람이 왔었지만, 고장은 없었다고 관리인은 말했다.

나는 그 사건이 정말 있던 것인지 자신이 없어지기 시작했다. 피로 때문에 꿈이라도 꾼 것이었을까.

회사를 이틀 쉰 나는, 아직도 여기저기 쑤시는 몸으로 출근 준비를 하고 있었다.

정장을 입기 위해 윗도리를 옷걸이에서 꺼냈을 때, 나는 그것을 발견했다.

그 이후 나는 계단으로만 다니고 있다. 최대한 빨리 이 맨션은 팔고 다른 곳으로 이사 갈 생각이다. 역시 그 사건은 모두 현실이었던 것이다.

내 정장 윗도리에는, 거무스름하게 갈라진 손톱이 매달려 있었다.

## 도움

나는 어느 택배 회사에서 일하고 있다.

그날 역시 평소처럼 일을 처리하고 있었다. 그러다 12층 아파트에 짐을 배달하게 되었다. 그리 별다를 일 없는 평범한 일이었다. 손님의 이름은 야마구치 씨였다.

그날은 여자 친구와 데이트 약속이 있었기 때문에 빨리 일을 마치고 돌아갈 생각이었다. 마침 엘리베이터가 높은 곳에 올라가 있었기 때문에 나는 달려서 12층까지 갔다.

다행히도 가벼운 짐이었기 때문에 그리 힘들지 않았다. 그리고 나는 무사히 짐을 야마구치 씨에게 전해드렸다.

그런데 돌아가는 길에 나는 무심코 야마구치 씨 옆집을 바라보게 되었다. 현관에 벽보가 붙어 있었던 것이다.

"나이가 먹어서 다리가 좋지 않아져 쓰레기를 버리러 갈 수가 없습니다. 누군가 좀 도와주세요."

여자 친구를 보러 빨리 가고 싶었지만 곤란에 처한 사람을 내버려둘 수는 없었다.

나는 초인종을 눌렀다. 그러자 집에서 70세 정도의 할아버지가 나오셨다. 나는 "저, 벽보를 봐서요……"라고 말했다. 그러자 "오오, 고맙구먼. 조금 준비를 할 테니까 이거라도 먹고 있어주게"라고 말하고 할아버지는 내게 과자를 몇 개 주셨다.

5분쯤 기다렸을까?

할아버지는 작은 골판지 상자를 하나 건네주셨다. 검은 테이프로 꽉 닫혀 있어서 쓰레기 상자치고는 조금 부자연스러웠다. 그래도 뭐 그러려니 하고 받아들었다.

"네, 그러면 제가 버리겠습니다."

"그래, 고맙네. 마중은 못 나갈 거 같아. 잘 부탁하네."

"네, 안녕히 계세요."

상자가 꽤 무거웠기 때문에 나는 엘리베이터를 타기로 했다. 타고 나서는 내려놓고 있었지만.

할아버지는 정말로 다리가 안 좋은 듯했고, 꽤 좋은 분인 것 같았다. 그렇지만 지독하게 외로움에 시달리고 있었던 것 같다. 그래서 내가 찾아갔을 때는 조금 낙심하고 있었던 것 같은 모습이었다.

아, 이제 곧 6층이다.

"쾅!!"

깜짝 놀랐다.

엘리베이터가 6층에 도착하자마자 골판지 상자가 천장에 대단한 소리를 내며 부딪친 것이었다. 갑자기 골판지 상자가 붕 떠올랐으니 나는 어이가 없어서 조금 웃었다.

하지만 도저히 있을 수 없는 일이었다. 나는 바로 상자를 열어봤다. 그 안에는 쇠로 만들어진 아령에 피아노 줄이 칭칭 감겨져 있었다.

나는 깜짝 놀라 피아노 줄을 따라 바로 12층까지 돌아갔다. 그리고 할아버지의 집으로 달려갔다.

방에 도착하고 나서 나는 경악할 수밖에 없었다. 그리고 아까 엘리베이터에서 웃었던 것을 후회했다

오늘은 여자 친구와 못 만나겠구나, 이 과자는 어쩌지? 묘하게 머릿속에 냉정한 생각들만이 감돌았다.

할아버지는 자살을 하셨던 것이다.

할아버지는 목에 피아노 줄을 휘감은 채, 혀를 빼물고 쓰러져 계셨다.

# 창문을 두드리는 소리

늦은 밤, A는 이상한 소리에 눈을 떴다.

무엇인가를 질질 끄는 것 같은 소리가 창밖에서 들리고 있었다.

길에 맞닿아 있는 집이지만, 이 시간쯤 되면 사람들은 거의 다니지 않는다. 부모님이 여행을 가서 혼자 있던 그녀는 무서워졌지만 그 소리에 귀를 기울였다.

잠시 후 소리가 멈췄다. 그러나 다음 순간, 커튼이 쳐져 있는 창문이 "똑" 하고 울렸다.

A의 심장은 가슴에서 튀어나올 듯 고동쳤다.

똑……. 똑…….

힘이 느껴지지 않는 소리가 몇 번이고 들렸다.

그녀는 용기를 쥐어짜서 창문 쪽으로 다가갔다.

"누구세요? 누군가 있나요?"

창밖에서는 대답이 없었다. 다만 힘없이 창문을 두드리는 소리만 들렸다.

"이런 장난은 그만두세요!"

떨리는 입술로 그녀는 단호하게 소리쳤다. 그러나 답변은 없고, 커튼 뒤에서는 느린 템포로 창문을 두드리는 소리가 또다시 들려올 뿐이었다.

그녀는 커튼의 끝을 손으로 잡고, 눈을 감은 채 단숨에 커튼을 열었다. 천천히 뜬 그녀의 눈에 들어온 것은 얼굴이 피투성이인 데다가, 엷은 웃음을 짓고 있는 머리가 긴 여자의 얼굴이었다.

"꺄악!!"

그녀는 소리를 지르고 급히 집에서 뛰쳐나왔다. 도망치듯 친구의 집에 들어간 그녀는 금방 일어난 사건을 친구에게 이야기했다.

영감이 강한 친구는 그녀의 이야기를 끝까지 듣고, 서랍에서 부적을 꺼내서 그것을 그녀의 목에 걸어주었다. 안심한 그녀는 친구의 집에서 아침까지 푹 잠들었다.

아침에 돌아갈 때 친구는 걱정했지만, 그녀는 "부적이

있으니까 괜찮아"라고 말하고 혼자 돌아가기로 했다.

그녀가 집 근처에 오자, 주변에 수많은 경찰차들이 멈춰서 있었다.

가까이 서 있는 아주머니에게 그녀는 물어봤다.

"무슨 일이 있었나요?"

아주머니는 대답했다.

"어젯밤에 괴한에게 습격당한 여자가 겨우 도망쳤지만 저쪽 집 앞에서 결국 숨이 끊어졌대요. 불쌍하기도 해라."

아주머니가 가리킨 손가락은 그녀의 집을 가리키고 있었다.

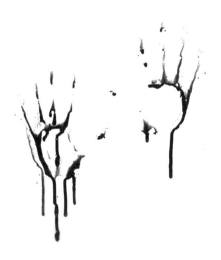

# 가위녀

어릴 적, 우리 동네에는 '가위녀'라고 불리는 정신이 이상한 여자가 있었다.

서른 살이 조금 넘었을까, 긴 머리는 까치집을 지은 채 언제나 무엇인가를 중얼거리며 웃고 있었다.

가위녀라는 이름답게, 그녀는 언제나 가위를 가지고 사각사각 허공을 자르고 있었다.

흉기를 휴대한 탓에 종종 경찰관이 주의를 주곤 했다. 하지만 다른 이들에게 가위를 들이대는 일은 없었고, 자기 집 주변에서만 앉아 있었기에 크게 문제는 되지 않았던 것 같다.

가위녀는 내가 초등학교를 졸업할 무렵, 이사를 간 것

인지 죽은 것인지 어느새 모습을 감췄다.

그리고 중학교에 들어갈 무렵, 나는 친구 몇 명과 담력 시험을 하러 가기로 했다.

장소는 이제는 아무도 살지 않는 가위녀의 집이었다. 산기슭에 외로이 서 있는 슬레이트 지붕의 단층집이었다.

다들 조금씩 들떠 있었지만, 어두운 데다 음침한 분위기의 집이 보이자 겁이 나기 시작했다. 하지만 나는 마침 같이 왔던 여자아이에게 반해 있었기 때문에, 멋진 모습을 보여주고 싶은 마음에 혼자 안으로 들어갔다.

실내는 쓰레기나 실, 구슬 같은 것이 잔뜩 떨어져 있어서 발 디딜 곳도 없었다. 그렇지만 딱히 귀신 같은 것이 나오지는 않았다.

방은 세 개밖에 없었기에 여기저기 빙빙 돌면서 왔다는 증거로 가져갈 물건을 찾기로 했다.

나는 안쪽 방에 들어가서 장롱을 열었다. 그 순간 장롱 안에서 무엇인가 거대한 것이 내게로 넘어졌다. 나는 깜짝 놀라 소리를 질렀다.

그것은 거대한 봉제 인형이었다. 다만 모양이 이상했다. 그것은 여러 가지 봉제 인형의 머리 부분만을 잘라내 봉합해 사람처럼 만든 인형이었던 것이다.

개, 고양이, 곰부터 여자아이 인형까지, 수많은 머리가 잔뜩 붙어 있었다.

우리는 깜짝 놀라 그대로 도망쳤다.

우리가 담력 시험을 갔던 탓인지, 얼마 뒤 경찰이 그 집을 조사하러 가게 되었다. 그런데 그 집에서 가위녀의 시체가 발견되었다.

시체는 바로 나에게 쓰러졌던 봉제 인형 안에 들어 있었던 것이다.

사인은 확실치 않지만, 가위녀는 자신의 몸에 봉제 인형의 머리를 꿰매고 있었던 것 같다. 내가 봤을 때는 눈치 채지 못했지만, 진짜 동물의 썩은 머리도 꿰매져 있었다고 한다.

# 청바지 주머니 안

나는 쇼핑을 좋아한다.

그날 역시 평범하게 이 가게 저 가게를 돌아다니며 쇼핑을 하고 있었다. 그러던 중, 어느 허름한 구제 집에 들어서게 되었다.

이것저것 널려 있는 옷가지들을 헤집는 와중에, 청바지하나가 눈에 들어왔다. 대충 보니 사이즈도 맞을 것 같고, 그리 낡아 보이지도 않아서 그대로 사게 되었다.

싼값에 좋은 옷을 샀다는 생각에 나는 꽤 들떠 있었다.

집에 돌아와 청바지를 세탁하기 위해 주머니를 비우는데, 폭이 2센티미터 정도 되는 접힌 종이가 나왔다.

헌 옷 주머니에 무엇인가가 들어 있는 일은 자주 있는

일이고 해서 별 신경은 쓰지 않았다. 그래서 나는 걱정하지 않고 종이를 펴보지도 않은 채 그대로 내다 버렸다.

그런데 며칠 뒤, 세탁을 마친 청바지 주머니에 무심코 손을 넣었더니 그 종이가 또 나왔다.

나는 겁에 질린 나머지 친구를 불러 그 종이를 펴보도록 부탁했다. 버렸는데도 다시 돌아온 종이를 혼자서 펼쳐볼 용기는 도저히 나지 않았다.

친구는 이런 기묘한 것을 아주 좋아해서 기뻐하며 왔지만, 그 종이를 펴서 보자마자 얼굴이 새파래져서 이렇게 말했다.

"여기 쓰여 있는 것은 아무래도 네가 모르는 편이 좋겠어. 이 종이는 내가 공양해둘게."

공양이라는 말에 나는 깜짝 놀랐다. 도대체 무엇이 쓰여 있기에 공양까지 해야 한다는 것일까.

나는 따로 믿는 종교가 있는 것은 아니지만, 무서운 이야기는 낮에도 듣지 못하는 겁쟁이기 때문에 내용은 듣지 않기로 했다.

그리고 그 다음 날, 친구는 스쿠터에 치여서 오른쪽 다리가 부러졌다. 분명 그 종이 탓이라고 생각한 나는, 친구에게 종이의 내용에 관해 물어보기로 했다.

친구는 상당히 기가 죽은 표정으로 평소의 건강한 모습과는 정반대였다. 거기다 내가 병문안을 왔는데도, 어딘가 기뻐하는 것이 아니라 꺼리는 듯한 느낌마저 드는 표정을 짓고 있었다.

그런 상태의 친구에게 종이에 적힌 것을 물어보는 것이 조금은 신경 쓰였지만, 사고까지 일어난 만큼 미안한 생각이 들어서 물어보지 않을 수가 없었다.

친구는 자신이 부주의해서 사고가 난 것이지 그 종이는 관계가 없다며 계속해서 가르쳐주지 않았다. 하지만 몇 번이고 알려달라고 조른 끝에 친구는 드디어 내용을 이야기해주었다.

푸른 볼펜으로 "왜 나는 죽었는데 너는 살아 있는 거야?"라고 잡다하게 글자가 휘갈겨져 있다고 했다.

친구는 그 종이를 신사에서 공양했다고 한다.

그 후로 구제 청바지는 찜찜한 생각 때문에 바로 버려서 처분했지만, 이런 비가 쏟아지는 밤은 무슨 일이 일어날 것같이 그 종이의 이야기가 계속 떠올라 잠을 이룰 수가 없다. 게다가 내 주변에서 일어난 일이니⋯⋯.

부디 나대신 친구에게 저주가 붙어버린 거면 좋을 텐데⋯⋯.

# 프렐류드

6월의 어느 일요일.

이른 아침부터 친구 B가 전화를 해서 눈을 떴다.

전화를 받으니 갑작스럽게 B가 말했다.

"일어났으면 드라이브하러 가자."

뭐하자는 건가 싶어서 "뭐야, 이렇게 갑자기?"라고 투덜댔다.

그렇지만 B는 기쁜 듯한 목소리로 "새 차가 도착했으니까, 잘 길들이고 싶다구"라고 말했다.

나도 새 차라는 것을 듣고 나니 타보고 싶은 충동이 일어 함께 가기로 해버렸다.

그리고 한 시간도 걸리지 않아 B가 도착했다.

바쁘게 준비를 마치고, B가 기다리고 있는 공터로 가니 거기에는 새빨간 프렐류드가 주차되어 있었다.

"엄청난 차네."

말할 생각은 없었지만 무심결에 잘못 말해버렸다.

그렇지만 B는 좋은 의미로 받아들였는지 쑥스러워하고 있었다.

나와 B는 서서 이야기하기도 뭣해서 차에 올라타 갈 곳을 정하기로 했다.

B가 원하기도 해서, 가는 곳은 나가노로 결정.

15분 정도 달려서 중앙 고속도로를 탔다.

외견과 달리 승차감은 대단히 좋아서, 내 눈은 틀려먹었다고 생각하면서 B에게 물었다.

"물론 금연이겠지?"

바로 답이 돌아온다.

"피우면 죽여버린다."

나는 웃으면서 고개를 끄덕이고 말았다.

고속도로를 타고 세 시간 반, 고생 끝에 나가노 시내에 도착해 점심을 먹은 뒤 가볍게 시내 관광을 했다.

젠코지(善光寺)를 돌았을 때는 시간도 네 시 가까이 되어 슬슬 돌아가기로 하고 차로 향했다.

돌아가는 것은 산길로 가게 되었지만, 이 근처는 둘 다 초행길이어서 지도를 보며 돌아가기로 했다.

한 시간 정도 달리니 곧 새로운 도로로 나오게 되었다.

그런데 새로운 길을 달리면서 곧 기묘한 일이 일어나기 시작했다.

지도를 바라보고 있는데, 작은 목소리로 "어ㅡ이"라는 소리가 들렸다.

나는 B가 낸 소리라고만 생각하고 B에게 "뭐야?"라고 물었다.

B는 "뭐가?"라고 나에게 반문했다.

나는 헛소리를 들었나 싶어 "아니야. 기분 탓인가 봐"라고 넘어갔다.

그런데 얼마 뒤 이번에는 반대로 B가 "무슨 소리야?"라고 물었다.

"아무 말도 안 했는데."

나는 그렇게 대답하고 B를 보며 고개를 갸웃했다.

둘이서 입을 다물고 있는데, 곧이어 꽤 큰 목소리로 "어ㅡ이" 하는 소리가 들렸다.

우리는 둘이 동시에 "들렸지?"라고 말했다.

나는 불쾌해져서 B에게 백미러로 뒤를 확인해달라고 부

탁했다.

B는 마지못해 하며 확인했지만, "아무것도 없어"라고 말했다.

나는 뒤를 돌아봐 내 눈으로 직접 확인했지만 정말 아무것도 없었다.

"그렇지만 소리가 들렸는데……"라고 B와 말하고 있을 무렵이었다.

"어이, 여기야."

…….

B는 자동차의 속도를 낮추고 둘이서 목소리가 들려온 쪽을 확인했다.

열어둔 선루프에 시선을 돌리자 웬 남자가 달라붙은 채 "여기야"라면서 기분 나쁘게 웃고 있었다.

그것을 본 우리는 큰 소리를 질렀다.

B는 액셀을 밟으면서 선루프의 버튼을 누르고 있었다.

놀란 나머지 한동안은 아무 말도 할 수 없었지만 B는 속도를 줄일 생각조차 하지 않고 있는 것 같아서 말을 걸어 속도를 낮추도록 했다.

잠시 동안 달리고 우리는 조금 안정되어서 다시 이야기하기 시작했다.

어린이처럼 질린 목소리로 "그게 뭐였을까"라고 이야기하던 도중 기름이 떨어질 것 같은 것을 알아차리고 중간의 휴게소에 차를 댔다.

온 김에 마실 것이라도 사려고 둘이서 차 밖으로 나왔는데 문득 선루프에 눈이 갔다.

선루프에는 열 개의 손톱자국이 길게 늘어져 있었다.

그것을 본 B는 "차라리 손자국이 낫겠다……"라고 고개를 숙였다.

돌아가는 길의 프렐류드는 담배 연기가 가득 찬 차가 되어버렸다.

드라이브에서 돌아오고 한 달 뒤, 나는 B에게 하고 싶은 이야기가 있으니 만나달라는 전화를 받았다. 딱히 거절할 이유도 없었기 때문에 나는 알았다고 대답했다.

아홉 시쯤 도착하니까 역으로 마중을 와달라는 부탁에 나는 이상하게 생각하면서도 차를 타고 역으로 향했다.

역에서 B를 태웠다.

"걸어서 오다니 별일이네?"

그렇게 B에게 물으니 B는 종이 한 장을 보여주며 대답했다.

"면허정지 먹었어."

나는 웃어버렸다.

집에 도착해 자세히 들어보니 감시 카메라에 찍혀버렸다고 한다.

규정 속도에서 39km나 오버하고 있었다.

B의 말에 의하면 그 지점에는 감시 카메라가 있는 것을 이미 알고 있기 때문에 거기서는 항상 반드시 속도를 줄였지만, 그날은 웬일인지 멍하게 있었던 모양이다.

본인은 기묘한 느낌에 사로잡혀 있었다고 하지만.

감시 카메라를 통과하는 순간 붉은 섬광이 비쳤고, 그 빛에 B는 제정신을 차렸다고 한다.

그로부터 2주일 정도 지나서, 경찰서에서 출두 명령이 도착했고 오늘 다녀온 것이라고 했다.

부정할 만한 것도 없고, 모두 인정하고 끝마칠 생각이었지만 "이것이 증거 사진입니다"라고 한 장의 사진을 받아본 뒤 "뭐야, 이거?"라고 생각했다고 한다.

분명히 혼자 타고 있었는데, 옆에 누군가가 있었다.

그것도 한 번도 본 적 없는 여자가.

B는 확실히 속도위반은 했지만 그때는 혼자 타고 있었다고 경찰관에게 주장했다.

그렇게 말했지만 경찰관은 간단히 "친한 여자가 많으면

기억하기 힘든가 보네요"라고 웃어 넘겼다고 한다.

몇 번이고 다시 사진을 보아도 틀림없다.

B는 초조해하면서 사진을 계속 보았다고 한다.

그것을 듣고 나는 "정말로 아무도 태우지 않았어?"라고 물었지만, B는 시종일관 혼자였다는 말뿐이었다.

B에게 어떤 모습으로 찍혀 있었는지 물어보았다.

B에 의하면 그 여자는 가만히 B를 응시하고 있었다고 한다.

# 정원

　그날은 아침부터 더웠다.

　자기 방에서 게임에 몰두하고 있던 소년의 귀에, 엄마의 질책이 들려왔다.

　"얘, 게임만 하지 말고 정원 좀 정리하렴. 엄마랑 약속했잖니?"

　소년은 생일에 가지고 싶은 게임을 사는 대신, 여름방학 때 매일 아침 정원의 잡초를 뽑기로 약속했던 것이다.

　TV 화면에서 시선을 돌려 창밖을 보니, 구름 한 점 없이 탁 트인 시원한 푸른 하늘이 보였다.

　소년은 조금 짜증이 났지만 곧 단념하여 게임기의 전원을 끄고 대충 정리한 후, 종종걸음을 쳐서 아래층으로 내

248

려갔다.

손바닥만 하다는 말이 어울릴 만큼 작은 정원이었지만, 그래도 초등학생인 소년에게 정원 정리는 중노동이었다.

익숙하지 않은 자세에다 한여름의 타는 듯한 더위가 내려쪼인다. 10분도 되지 않아 소년은 온몸이 땀투성이가 되었다.

사방 1미터도 정리하지 않았지만, 소년은 앓는 소리를 내며 비틀비틀 정원 한구석의 은행나무로 다가갔다. 푸르디푸르게 잎이 우거진, 이 정원에서 유일하게 그늘이 있는 곳이다.

나무 밑에 앉아서 소년은 숨을 돌렸다. 바람은 그다지 불지 않지만 그래도 햇빛을 그대로 받는 것보다는 훨씬 나았다.

살 것 같다고 느끼는 와중에, 소년은 자신이 앉아 있는 곳이 조금 튀어나와 있다는 것을 알아차렸다. 불룩하게, 마치 무엇인가 묻혀 있는 것 같은 모양이었다.

소년은 궁금한 나머지 그곳을 파보기 시작했다. 몇 분 지나지 않아, 그것이 땅속에서 나타났다.

기묘하리만치 흰, 그렇지만 얼룩덜룩 보라색으로 변색된 가냘픈 팔. 그 손끝의 약지에는, 백금으로 만들어진 반

지가 끼워져 있었다.

소년은 그 반지를 알고 있다.

그것을 알아차리자마자, 소년의 머릿속은 완전히 어지러워졌다. 그렇다면 아까 자신에게 정원을 정리하라고 시켰던 그 '목소리의 주인'은 도대체……?

"엄마……."

중얼대려는 도중, 어느새 툇마루에서 나오고 있던 '엄마'와 눈이 마주쳤다.

수직에 가깝게 위로 쭉 찢어진 눈, 귀 부근까지 크게 웃는 것처럼 찢어진 입. 이상한 얼굴의 '엄마'였다.

그날도 아침부터 더웠다.

소년은 엄마와의 약속대로, 오늘도 땀투성이가 되어가며 풀 뽑기에 열심이다. 그 덕인지 정원은 이전보다 훨씬 산뜻해져서, 훨씬 보기 좋게 변해 있다.

은행나무는 오늘도 나무 그늘을 만들고, 소년이 바람을 쐬러오는 것을 기다리고 있다. 그리고 그 밑동에는, 수북하게 쌓인 흙더미 둘이 놓여 있다.

# 빈집 탐험

나는 10년 전쯤 혼슈의 중앙에 있는 현에 살고 있었다.

그 당시 나는 한 맨션에 살았는데, 그 맨션 옆에는 커다란 빈집이 있었다. 시골이었기 때문에 땅은 넓고 풀은 무성해서 귀신이 나온다는 소문에 얽히기 딱 좋은 곳이었다.

당시 초등학생이었던 내가 그런 재미있어 보이는 곳에 흥미를 보이지 않을 까닭이 없었다. 결국 친구 S와 함께 그 빈집을 탐험해보기로 했다.

낮인데도 그곳은 어쩐지 어둑어둑하고 내 키와 비슷한 정도까지 자라난 풀이 가득해 그 자체만으로도 무서움을 일으켰다. 그렇지만 우리의 결심은 확고했고, 집에 들어가기 위해 정문으로 향했는데, 문이 잠겨 있는 바람에 나와서 다시 뒷문으로 향했다.

그곳에는 창문이 있었다. 오래된 탓에 흐릿하기는 했지만 안의 모습이 어떤지는 대충 볼 수 있었다.

그런데 어찌된 영문인지 안에는 가구가 드문드문 남아 있어서, 선반이나 소파, 작은 책상까지 보였다. 안을 몰래 살펴보고 있는데 뒤에서 S가 나를 불렀다.

거기에는 유리 선반이 있고, 안에는 공예품 같은 것이 들어 있는 게 보였다. 그 공예품 중에는 프랑스 인형이 있었다. 우리들은 그것을 보고 순간 어딘지 모를 끝을 알 수 없는 공포감에 휩싸여서 허둥지둥 집으로 도망쳤다.


그로부터 10년 후인 작년 8월.

나는 그 탐험 이후 이사를 해서 S와도 연락이 끊겼다. 하지만 최근에 운 좋게 연락이 닿아 옛날 살던 마을로 돌아가 S와 재회하게 되었다. 그리고 이런저런 이야기로 이야기꽃을 피우다가 그때의 탐험 이야기를 하게 되었다.

"그때는 어린아이다 보니 무서워서 도망쳤지만, 지금이라면 안 그랬을 거야. 이왕 말이 나온 김에 거기 가서 그 집의 정체라도 확인해볼까?"라고 이야기가 이어졌다.

저녁 다섯 시, 끝내 우린 손전등을 가지고 함께 빈집 앞으로 갔다.

공포보다는 어린 시절의 그리움이 먼저 되살아났다. 오히려 이 빈집이 사라지지 않고 남아 있어줘서 고마웠을 정도였다.

그래서 우리는 옛날과 완전히 같은 경로로 그대로 따라서 가보기로 했다. 일단 들어가서 겉을 따라 돌았다. 그 시절에는 그렇게나 길어 보였던 잡초도 지금은 겨우 무릎에 닿을 정도다.

둘이서 창문 쪽으로 가서 안을 확인했다. 바뀐 것은 무엇 하나 보이지 않았다. 그리고 우리는 프랑스 인형이 놓여 있던 방이 보이는 창문으로 향했다. 둘이서 함께 안을 바라보자니 조금 비좁았다.

그리고 방 안을 천천히 들여다본 순간, S가 소스라치게 놀라며 비명을 질렀다. 나는 손전등의 빛이 비춘 유리 선반을 쳐다보았는데 안에 무엇이 있는 건지 쉽게 알아차릴 수 없었다.

자세히 보니 그것은 '프랑스 인형'이었다.

뒷목까지 서늘해지며 나를 경악케 만든 건 그 인형이 키가 180센티미터는 족히 될 정도로 커져 있어서, 마치 좁아터진 유리 선반이 불편하다는 듯 손이 밖으로 삐져나와 있었다. 그 10년의 세월 동안 마치 성장이라도 한 것처럼.

게다가 기분 나쁜 표정으로 마치 우리를 기다린 것처럼 비웃는 듯한 표정은 너무나 섬뜩하여 인형이라곤 믿기지 않았다.

S와 나는 필사적으로 쏜살같이 도망쳤다. 허둥지둥 S의 집으로 돌아가 서로 그 어떤 말도 없이 공포에 질려 와들와들 떨었다.

다음 날은 바로 집으로 돌아왔기 때문에 그때 그것이 무엇이었는지 정확히 확인할 기회는 없었다.

다만, 소름끼치게 우리 둘을 공포에 몰아넣은 이것은 정말 실화라는 것이다.

이렇게 책에까지 실어 낸다 한들, 아무도 믿어주지 않았지만……

# 내 아기

재작년 여름방학 때 있었던 일이다.

차로 목적도 없이 훌쩍 혼자서 여행을 떠났지만 니가타의 나가노 쪽으로 가던 중 그만 깊은 산속에서 길을 잃어버렸다.

고속도로 요금을 아끼려고 감으로 아무 고갯길이나 짚어서 올라왔지만, 역시나 빠져나가는 길은 찾을 수가 없었다. 이미 시간은 심야를 지나 인가도 전혀 보이지 않았고 아무리 가도 산을 벗어날 수가 없었다.

곤란하고 초조해지기 시작했을 때, 나는 고개를 내려가고 있는 보행자를 발견했다. '이런 깊은 산속이라도 살고 있는 사람은 있구나' 하고 생각하며 천천히 내려가 접근해

보았다.

그것은 유모차를 밀고 가는 젊은 여성이었다.

아이가 갑자기 밤에 울어 산책이라도 하고 있나 싶어서 그냥 지나가려고 했다.

그러나 스쳐지나가는 순간 '뭐야?!'라고 생각하게 됐다.

여자의 모습이 어딘가 이상했던 것이다. 머리는 부스스한 채였고 옷도 흙탕물로 잔뜩 더러워져 있었다. 손과 발은 다친 것인지 여기저기 피로 물들어 있었다. 무엇보다도 여자는 이런 험한 산길을 맨발로 걷고 있었다.

나는 어쩌면 무언가 사고 같은 것을 당한 건지도 모른다고 생각하고는 당황해서 차를 세우고 내려서 여자에게 접근해 말을 걸었다.

"저……. 괜찮으신가요?"

그러나 뒤를 돌아본 여자를 보고 나는 온몸에 소름이 끼쳤다.

유모차에 태운 아기가 죽어 있는 게 아닌가!

썩은 시체의 냄새가 코를 찔러, 토할 것 같은 역겨움이 목을 치밀고 올라왔다. 게다가 눈알 부분은 이미 썩어서 공허하게 비어 있었다……. 누가 봐도 이미 죽었다는 것을 알 수 있을 정도였다. 이 여자는 아기의 시체를 유모차에

실은 채 걷고 있었던 것이다.

"으아악!"

나는 너무나 놀라서 그만 뒤로 휘청거리며 물러섰다. 그러나 넘어지려는 나의 손을 그녀가 붙잡았다. 그 후 나는 대단한 완력으로 끌어당겨져 그녀의 코앞에서 눈을 마주해야만 했다.

어딘가 눈의 초점이 이상했다……. 완전히 맛이 가버린 것 같았다.

여자는 내게 얼굴을 가까이 하고는 돌연히 외치기 시작했다.

"나의 아기! 아기! 아기! 아기!"

패닉에 빠진 나는 여자를 들이받고 그대로 차까지 도망쳐 그 자리에서 도망쳤다.

단순히 이 정도로 끝난다면 그냥 어디에나 있는 도시 전설에 불과하겠지만, 불행히도 사건은 그것만으로 끝나지 않았다.

어떻게 어떻게 길을 찾아 산 아래까지 겨우 내려온 나는 한숨도 자지 않고 아침이 된 것과 동시에 파출소로 뛰어들었다.

'죽은 아이의 시체와 함께 산길을 헤매는 여자의 이야기

따위 믿지 않을 것 같은데……'라는 생각도 들었지만 나는 있는 그대로 일어난 일을 경찰에게 말했다.

　나와 동년배인 경찰은 처음에는 생글생글 웃으며 나의 이야기를 듣고 있었지만 자세한 이야기를 하고 있는 동안 진지한 얼굴이 되었고, 마지막에는 어째서인지 얼굴이 새파랗게 질려 있었다.

　잠시 침묵이 흐른 뒤 경찰은 다른 이에게는 말하지 말라는 조건으로 나에게 '진실'을 가르쳐주었다. 그 경찰의 이야기는 이랬다.

　"지난달에 2주 정도 장마가 계속 된 다음, 오랜만에 날이 갰던 날의 일이었습니다……."

　그 고개는 비가 계속 내리면 위험하기 때문에 통행금지가 되는 모양이었다.

　우연히 지나가던 동네 사람이 가드레일이 쓰러져 있는 것을 보고 경찰에 전화를 했다는 것이었다. 머지않아 경찰이 도착해 약 100미터 아래의 절벽을 수색했다. 역시나 절벽 밑에는 떨어진 승용차가 발견되었다.

　그렇지만 많은 핏자국에도 불구하고 탑승했던 사람의 모습은 어디에서도 발견할 수 없었다고 한다. 나와 이야기를 나눈 이 경찰 역시 현장에 있었고, 곧 타고 있던 사람을 찾기 위한 대대적인 수색이 시작되었다고 한다.

차의 번호판과 소지품 등을 토대로 조사한 결과, 사고를 당한 사람은 근처에 사는 젊은 여성이라는 것은 알아냈다.

수색은 계속되었고, 저녁이 될 무렵 다른 조사원이 아기의 사체를 발견했다. 차가 떨어졌을 때 차 밖으로 떨어져 즉사한 듯했다.

……그렇지만 아기의 시체는 기묘했다. 목이 한 번 잘려나간 이후 무리하게 호치키스로 목을 다시 붙이려 한 흔적이 역력했다는 것이다.

지휘관은 소리쳤다.

"엄마가 살아 있을지도 모른다! 어서 주위를 살펴!"

아무래도 아이의 죽음에 큰 충격을 받은 엄마가, 아들의 사체를 보고 정신이 이상해져 어떻게든 아이를 살리려는 마음에 무리하게 방금 잘려나간 목과 몸을 붙였다……. 그런 느낌이었다.

그리고 다음 날 엄마의 사체도 발견되었다. 무서운 얼굴로 도움을 청하려 했던 듯, 벼랑을 기어오르던 도중 숨이 끊어져 있었다고 한다.

어……?

경찰의 이야기를 듣고 나는 온몸이 떨려오는 것을 느꼈다. 그렇다면 어제 내가 본 유모차를 미는 여자는……. 귀신이라는 건가?!

경찰은 귀신 따위를 믿지 않는다고 말했다. 엄마의 사체를 발견한 것이 바로 이 사람이었으니까.

"너무 지독한 모습으로 죽은 시체에 충격을 받은 것인지 한동안은 정신적으로 불안정해져 밤길에서 여자의 목소리와 유모차를 미는 소리를 듣거나, 방에서 자고 있노라면 여자가 창문에서 들여다보고 있거나 해서 완전히 곤란했어요."

쓴웃음을 지으며 경찰은 말해주었다.

그로부터 2년이란 세월이 흘렀다. 아마 그 경찰은 이제 건강하게 지내고 있을 것이다. 왜냐하면 '그 여자'는 이제 나에게 쓰여 있다!

벽장 안에서 밤새도록 나를 노려보고 있거나 아기의 울음소리가 들려온다…….

도대체 왜일까. 그때 그 여자는 내게 도움을 청한 것이었는데 내가 거절한 것이 되어서?

아니면…… 이 이야기를 듣는 사람에게 그녀가 옮겨가기 때문에?

그렇다면 다음은 당신?

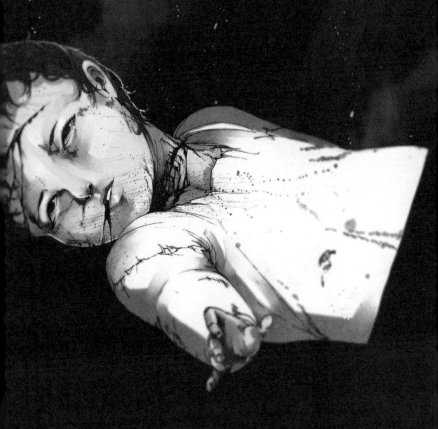

## 일본 도시 괴담

**1판 1쇄** 2012년 7월 30일
　　　**7쇄** 2023년 8월 30일

**엮 은 이** 김성욱

**발 행 인** 주정관
**발 행 처** 북클릭
**주　　소** 서울특별시 마포구 양화로 7길 6-16 서교제일빌딩 201호
**대표전화** 02-332-5281
**팩시밀리** 02-332-5283
**출판등록** 2006년 1월 9일 (제313-2006-000012호)
**홈페이지** www.ebookstory.co.kr
**이 메 일** bookstory@naver.com

ISBN 978-89-98014-00-1  03830